LAS RANAS COSMICAS

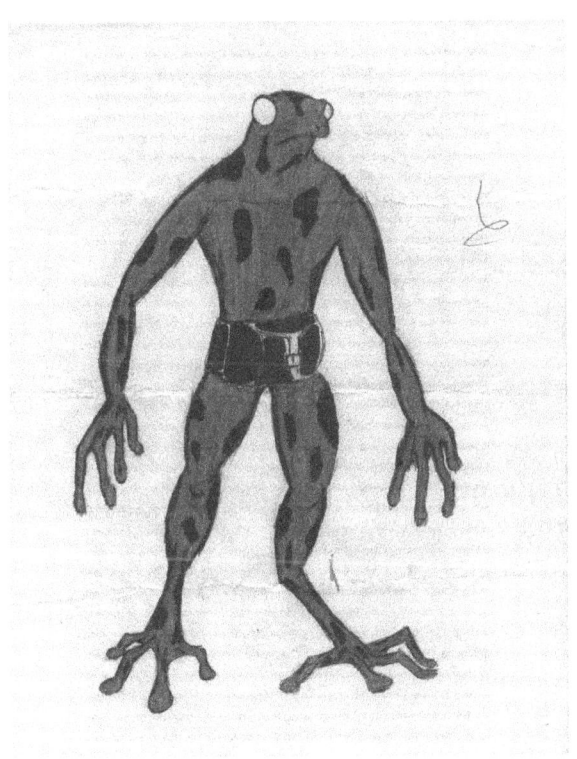

Mauricio Badillo Méndez

Derechos de autor © 2024 Mauricio Badillo Méndez
Todos los derechos reservados
Primera Edición

PAGE PUBLISHING
Conneaut Lake, PA

Primera publicación original de Page Publishing 2024

ISBN 978-1-6624-9965-4 (Versión Impresa)
ISBN 978-1-6624-9964-7 (Versión electrónica)

Libro impreso en Los Estados Unidos de América

PRÓLOGO

Si antes de nacer nos prepararan para la vida, esta sería más sencilla, práctica y placentera, pero nunca perfecta, solamente se viviría de manera civilizada.

Para mi hijo.
Tsijiari Kasakir.
De: Papá.

2019.

Í N D I C E

El planeta Batum..1
La guerra..37
La huida...89
Los planetas...107
El último viaje..142

CAPÍTULO

I

El planeta Batum

Transcurría un año incierto en un planeta ubicado en una galaxia desconocida, con tres soles y cuatro planetas más, separados entre sí a una gran distancia en años luz, de los cuatro planetas, dos tienen vida y los otros dos por sus condiciones atmosféricas también la tienen, pero en muy baja proporción y cuentan con una pequeña luna cada uno de estos dos, el único planeta con habitantes civilizados y pensantes es el planeta Batum, el cual es enorme y se encuentra entre los tres soles en el centro de dos en la parte baja y no tiene movimiento de traslación, solo de rotación.

El planeta Batum, está compuesto en sus tres cuartas partes de un océano con un líquido verde olivo transparente, en donde habita un animal negro-opaco de diferentes tamaños que no tiene cuerpo, nada más una cabeza alargada con cola llamados axopots, algunos desarrollan brazos, patas y pueden salir a la superficie, cazan todo lo que encuentran incluso su misma especie, el resto del planeta es un desierto diferente al que comúnmente se conoce, ya que es de color rojizo muy intenso con dunas y pequeñas cactáceas de colores que son inofensivas, distribuidas por todos los rincones de este desierto, en el centro, se encuentra una piedra caliza-basáltica grisácea, muy ancha de forma cilíndrica con gran altura, su mitad está sumergida en medio de un gran lago amarillo transparente, en donde viven algas inofensivas azules, en sus paredes se forma musgo del mismo color del desierto con púas verdes pequeñas que son tóxicas para los habitantes y a su costado se encuentra una cactácea enorme de un amarillo muy intenso con espinas rojas de gran longitud que de sus puntas brota un líquido transparente muy venenoso y en las dunas habitan bichos del mismo color de este desierto, de forma ovalada y plana en diferentes tamaños que son depredadores llamados chicls, en el subsuelo del desierto se hallan recursos minerales desconocidos, además de un gusano con seis patas y dos aletas delanteras en forma de manos que sirven para agarrar a su presa, llamados Lombs.

En el planeta Batum, pasa algo extraño, en ocasiones aparecen en su océano grandes islotes, con insectos y vegetación diferentes a los suyos, estos insectos son de diversos tamaños, formas y colores, unos con un ojo, otros con más de uno, otros con patas aplanadas y otros que se arrastran, algunos tienen alas y otros son anfibios, otros de cabezas con cuernos, cabezas con antenas, otros con grandes bocas y colmillos afilados, otros con bocas expandibles y colmillos redondeados y otros con hocicos succionadores, insectos muy insólitos por cierto, y la vegetación únicamente se compone de árboles y de una hierba inofensiva de mediana altura color verde, extendida como alfombra sobre todo el suelo de los islotes, los árboles son de diferentes tamaños y de troncos muy anchos de colores fluorescentes, en rojo, azul, amarillo, verde, café y gris, con ramas redondeadas, lizas y frondosas, con bulones y hojas aterciopeladas color marrón, estos árboles sacan de sus troncos, líneas carnudas con ventosas pegajosas, que usan para atrapar a sus presas y así alimentarse, los árboles se alimentan de todo lo que tengan a su alcance, ya que sus líneas son tan largas que pueden llegar al fondo del océano, incluso hasta los adentros del desierto, los islotes cuando aparecen sobre el océano, sus insectos salen de sus escondrijos que están entre la hierba y buscan su alimento en todos los lugares y rincones, cazan de día y de noche porque al salir tienen mucha hambre y buscan que su alimento sea en su mayoría carne, los islotes no duran mucho en la superficie del océano y no se sabe qué pasa con ellos porque de repente desaparecen, el cielo es rosado con nubes azules, colores que se ponen por el alto contenido de sal en el líquido de su océano y un compuesto químico llamado Mix, los dos al vaporizarse y unirse forman ese cielo rosado y el azul de las nubes, y al atardecer, el color del cielo se vuelve violeta y el de las nubes amarillo, y cuando se ocultan por completo sus tres soles, cae una oscuridad que a un centímetro de distancia es muy difícil ver algo, lo único que se ve y eso en ocasiones es el resplandor de los troncos de los árboles de algún islote que haya aparecido y que esté cercano al desierto.

El compuesto químico Mix y la sal del océano, los habitantes lo usan para fabricar muchas cosas y para producir el combustible que usan sus máquinas de transporte, el día dura seis horas, que son tres de mañana y tres de tarde, y la noche dura dieciocho horas, por lo tanto, sus habitantes deben aprovechar la luz que les proveen sus tres soles para realizar sus actividades, porque, de noche sus actividades se tornan más peligrosas.

En Batum, hay una especie evolucionada y civilizada de entre las demás especies de seres que lo habitan, esta especie es la dominante y se divide en tres razas que se distinguen solo por sus colores, la raza roja se hace llamar Catums, la azul Tatums y la verde Yatums, son ranas que caminan erguidas.

Catums

Viven bajo el océano, en túneles construidos en su subsuelo que rodean todo el desierto, divididos en secciones y a una distancia considerable de estos túneles, construyeron salones circulares con un techo transparente en forma de cúpula, hecha de la sal del océano, de estos salones a otra gran distancia construyeron torres que salen hasta la superficie del océano, con balcones protegidos con barrotes, que sirven para ver a sus alrededores y vigilar las plataformas flotantes formadas en línea de una torre a otra, construidas de un barro negro obtenido del fondo del océano, que los Catums endurecen con los fluidos de las Nillas, quedando tan sólido como una piedra, usado también para la construcción de los túneles y las torres, los techos de las torres se usan como entrada a los túneles y también como pistas de despegue y aterrizaje. Los Catums, se dedican a la crianza de tres tipos de insectos, el primero llamado Yuyus parecido a las moscas, el segundo llamado Nillas similares a las cochinillas y el tercero llamado Azcapots semejantes a las hormigas, estos insectos, los Catums los crían sobre las plataformas flotantes y sirven como alimento y para la elaboración de herramientas, utensilios y armas, ya que de estos insectos nada se desperdicia, todo se consume, además, cultivan los huevecillos que los Yuyus producen.

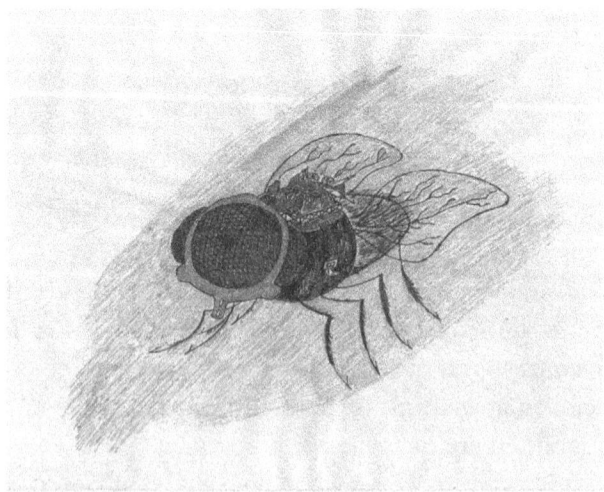

Los Yuyus, que son para alimento y cultivo de sus huevecillos, les cortan las alas para que no puedan escapar volando, y a los que no se las cortan, los usan para que se transporten de un lugar a otro, cuando es necesario. Los Catums, viven únicamente en los túneles, que están divididos en habitaciones en forma de cubo, habitaciones que se encuentran todas juntas en hilera, cada habitación tiene una puerta de forma ovalada, hechas con la sal del océano, y dan a un pasillo que comunica a todas las secciones de túneles, salones y torres, los Catums, además de ver los peligros que se pudieran encontrar, dentro del océano a través de las cúpulas transparentes de los salones, ya que tienen que estar atentos a los ataques de los Axopots, y de las líneas carnudas de los árboles, así como de los insectos de algún islote, que en algún momento aparezca, sirven para vigilar los cultivos de huevecillos alojados debajo de las plataformas, protegidos con armazones hechos de su misma cáscara y a los encargados de su recolección. Cuando algún Axopots trata de llevarse algún huevecillo o ataca a algún recolector, los Catums, por medio de unos orificios de forma rectangular que están en la parte superior de la cúpula, que al sacar un arma llamada Macua, se sella automáticamente para que no entre el líquido del océano, esta arma es fabricada de los Azcapots, por las características de piel y su esqueleto, ya que son muy duros, resistentes y pesados, dispara arpones largos hechos de las patas de los Yuyus, que son puntiagudas y con un filo que pueden penetrar fácilmente cualquier cosa sin el mayor esfuerzo, lo único que no pueden penetrar son las cúpulas de los salones y las puertas de las habitaciones.

Los Catums, son los que producen el alimento y algunos objetos que consumen los Tatums y Yatums, es la raza que se encuentra en el nivel más bajo por la sumisión de su líder, por lo tanto, los Tatums y Yatums no les permiten el acceso a los recursos del desierto ni a los del océano, así como, a su tecnología y ciencia.

El líder de los Catums, de nombre Javcomp, sustrajo la última parte de un libro alienígena de mil páginas, que encontraron sus antepasados, flotando sobre el océano hace cientos de años. En este libro alienígena se describe la forma de construir los túneles, los salones, las cúpulas y las torres, así como la crianza y aprovechamiento de los insectos que crían, además de la cultivación y cosecha de los huevecillos de los Yuyus, y en su lomo se indican instrucciones de un mapa para encontrar la ubicación de una Máquina Voladora Espacial, curiosamente cuando sus ancestros encontraron el libro, aparecieron los Yuyus, las Nillas y los Azcapots.

Tatums

Viven en el desierto del planeta, debajo de la gran cactácea amarilla en el interior de su raíz que es hueca y se extiende en líneas que forman brazos interconectados entre sí, muy anchos de gran longitud y buen espesor de su pared, resistente a los ataques de los Lombs, por estas características de la cactácea, fue que los Tatums decidieron vivir dentro de ella, la raíz en su interior la dividieron por paredes que forman habitaciones esféricas, cada una con puertas construidas también de la sal del océano, que llevan a un pasillo que conecta con toda la raíz hasta el centro de la cactácea, en el centro construyeron una habitación principal de gran tamaño con un túnel que llega hasta el exterior y en las puntas de la raíz, habitaciones transparentes para que puedan ver si llega a presentarse algún peligro, o que algún Lombs ande merodeando y realice algún ataque a los habitantes.

Los Tatums, cuando son atacados por los Lombs, utilizan como defensa un garrote plano con puntas en todo su alrededor de nombre Pop, llamado así por el sonido que hace al golpear. Los Tatums tienen una tecnología avanzada y esto es porque sus antepasados al igual que los antepasados de los Catums, hallaron a un lado de la cactácea, enterrado por la mitad, la parte principal del mismo libro alienígena también de mil páginas, en esta parte del libro se detalla claramente la extracción y transformación de los minerales del desierto y cómo usarlos para la construcción de sus máquinas, pero lo extraño fue que cuando encontraron el libro, también aparecieron estos minerales y lo más raro del libro es su portada, porque en Ella están dibujadas las tres razas de ranas, y en su lomo un mapa incompleto.

Los Tatums, aprendieron a descifrar e interpretar los procesos de trasformación de estos minerales, así como los diagramas para la construcción y armado de las máquinas, pero por la gran extracción de los minerales, ya es muy difícil encontrarlos en el desierto, los Tatums, edificaron en la gran habitación del centro de la cactácea, el lugar para transformarlos, así como para la construcción y armado de las máquinas. Las máquinas son principalmente vehículos de transporte, como deslizadores, esferas giratorias sumergibles y perforadoras de subsuelo. Los Tatums, usaron estas perforadoras para hacer túneles que interconectaran la habitación principal, con los túneles de los Catums, en especial a unos túneles de gran tamaño ubicados en cada sección llamados Tlatelols, lugares, en donde los mismos Catums, junto con los Tatums y Yatums, intercambian objetos, armas, enseres, utensilios, combustible y alimento. Los Tatums, se encuentran al mismo nivel de los Yatums, y la razón es porque los Yatums son los que les proveen el combustible para sus máquinas. Los Tatums, tienen por líder a Navi, una rana muy despiadada y egoísta.

Deslizador

Yatums

Viven en cuevas construidas dentro de la gran piedra caliza-basáltica, estas cuevas las construyeron gracias a la combinación del químico Mix, con otros químicos, y a las herramientas proporcionadas por los Tatums, con estas herramientas y el químico Mix, los Yatums perforaron un gran orificio en el centro de la piedra, que corre a todo lo largo desde arriba hasta a bajo y en su orilla construyeron las cuevas de forma redonda que están juntas en hileras, con puertas hechas de la misma sal del océano y son herméticas para evitar que los Chicls penetren por alguna rendija y devoren a su habitante, las puertas dan a un balcón empotrado en la pared del orificio, este balcón tiene un barandal que evita la caída de alguien al fondo, desde el primer nivel se alcanza a ver la forma en espiral de las cuevas, para entrar al orificio de la piedra y llegar a las cuevas, edificaron un puente sobre el lago y perforaron en la mitad de la piedra la entrada.

Los Yatums, usan un arma que es un tubo delgado con una cartuchera que le caben centenares de púas, cortadas de las puntas de las espinas venenosas del cactus de los Tatums, el tubo con su cartuchera la llevan sobre la mano y está sujeta con una pulsera en la muñeca y de la parte trasera de la cartuchera, sale otro tubo que es flexible y va sujeto a todo el brazo por medio de brazaletes y pasa por encima del hombro y a un costado del cuello hasta la boca, al soplar el tubo flexible se activa el mecanismo de la cartuchera, que hace que las púas salgan a gran velocidad, esta arma lleva por nombre pote.

Los Yatums, son los que conocen la ciencia, porque al igual que los antepasados de los Catums y Tatums, sus antepasados encontraron la parte media del libro alienígena, igual de mil páginas, en esta parte del libro se describe claramente el químico Mix, por cierto, ya muy escaso en el océano y en su lomo la otra parte del mapa, los Yatums, aprendieron a extraer del océano el químico Mix, así como a entender las fórmulas para su combinación con otros químicos y crear el combustible que utilizan los Tatums, construyeron los lugares para su extracción en el subsuelo de la piedra, haciendo pequeños ductos que atraviesan el lago y llegan al océano, así como un túnel que conecta a los tlatelols de los Catums. La líder de los Yatums, de nombre Aksui es una rana déspota y sin misericordia.

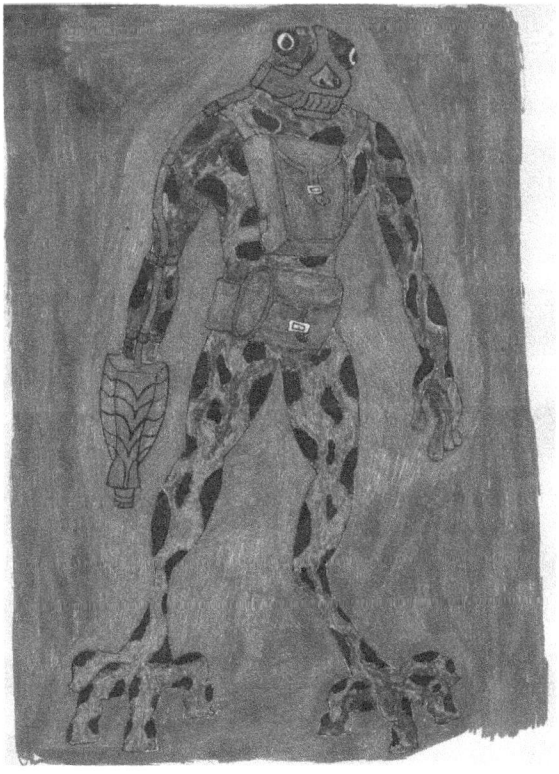

Los Catums, Tatums y Yatums

En uno de los dos salones del sistema de túneles que pertenece a la sección cuatro, se encontraba Inda, una Catums simpática y de buen carácter, Ella, una vigilante asignada a una de las cúpulas de los salones de esa sección, especialista en el manejo de la Macua y compañera permanentemente de TK, vigilaba atenta a través de la cúpula los peligros que se pudieran suscitar durante el trabajo de recolección, en los cultivos de huevecillos, principalmente a la recolección de su compañero.

Ella, al ver que el océano se encontraba en calma y tranquilidad, aprovechó la oportunidad para ingerir a escondidas sus alimentos, consistentes de cápsulas elaboradas de huevecillos y de una bebida vigorizante y refrescante que producen los Azcapots., mientras TK, un recolector fuerte, valiente y simpático, muy experimentado en la recolección de huevecillos, se encontraba en los cultivos realizando su trabajo con normalidad, sacando del armazón con la ayuda de unas pinzas grandes y pesadas los huevecillos maduros y después de sacarlos meterlos a un contenedor individual conectado a otros por medio de un cable, la recolección de huevecillos es un trabajo de mucho esfuerzo y cansancio, por lo pesado de los trajes especiales que usan los recolectores, para permanecer sumergidos en el océano por un largo tiempo, gracias a sus dos tanques pequeños de forma esférica que contienen un gas comprimido para respirar, que los Catums extraen de un fluido que emana del orificio del lomo de las Nillas, los trajes están fabricados de la piel de los Azcapots, lo que los hace incómodos, pero muy resistentes a la presión y filtración que pudieran tener del líquido del océano.

Todo se desarrollaba con normalidad y TK no cesaba de realizar su trabajo y le mandaba saludos y señas a Inda, que le indicaban que todo transcurría sin problema alguno, y así pasaba el tiempo para los dos, de repente en un descuido y sin que se dieran cuenta, un Axopots de gran tamaño con brazos y patas, se dirigía nadando a gran velocidad hacia el lugar en donde se encontraba él, en ese preciso instante, a Ella, se le cayó una de las píldoras de alimento al suelo, rodando debajo de su consola y al agacharse a buscarla, no se percató que el Axopots ya lo tenía tomado por la espalda, abrazándole el cuello con gran fuerza, mientras seguía buscando la píldora debajo de su consola.

TK, al tener los brazos del Axopots en su cuello, sintió una gran angustia y pensó que este era su fin, palpitándole el corazón aceleradamente en un tumtum, tumtum, tumtum, tumtum, y le recorrió un escalofrío por todo el cuerpo, desde la cabeza hasta la punta de los dedos de los pies y comenzó a tener un miedo y pánico aterrador, tratando desesperadamente, pero sin éxito liberarse de los brazos del Axopots, pataleando y sacudiéndose de un lado a otro con gran fuerza sin soltar las pinzas y entre más pataleaba y se sacudía, el Axopots más lo apretaba por el cuello, así pasaron algunos segundos de lucha, el Axopots para comérselo y TK para liberarse, cuando en un instante ya cansados, TK, levantó su cabeza y miro que la cabeza del Axopots bajaba hacia la suya con la boca de gran tamaño ya abierta, mostrando la lengua totalmente morada con escamas y unos dientes amarillentos puntiagudos como espinas, al ver que faltaba poca distancia para que la boca del Axopots llegara hasta su cabeza, para morderla y arrancársela de un tirón, entró en un pánico indescriptible, pero, su adrenalina y el instinto de sobrevivencia, hizo que levantara con gran dificultad sus dos brazos cansados, sosteniendo las pinzas enormes y pesadas en sus manos y en un movimiento inesperado, logro introducirlas directamente a la boca del Axopots topando hasta su garganta, acción que detuvo momentáneamente la intención de darle la mordida mortal.

Inda, al encontrar su cápsula de alimento y ponerla nuevamente en su consola, levanto la mirada hacia la cúpula para seguir vigilando el cultivo en donde se encontraba TK, al ver lo que sucedía, de inmediato sacó por uno de los orificios de la cúpula la Macua, lista con un arpón que rápidamente y sin titubear disparó, escuchándose el trtrtrtrtrtr del resorte del mecanismo y el sssssssshhhhhhhhhh del arpón viajando a gran velocidad a través del océano, pero falló el tiro, pegando en el armazón de huevecillos, traspasándolo y dañando varios de ellos, al ver esto, entro en pánico sintiendo un miedo terrible, que se quedó totalmente inmóvil con los ojos muy abiertos y desorientados, su compañera de nombre Tona, al ver lo que sucedía, se dirigió rápidamente a su lugar empujándola abruptamente y arrebatándole la Macua de entre sus manos, sin dudar y con gran rapidez, la recargo nuevamente apuntándola en dirección al

Axopots, casi instantáneamente la disparo escuchándose de nuevo el sssssshhhhhhhhhhh del arpón a gran rapidez, rasgándole la piel de entre sus patas penetrando violentamente a través de su cuerpo, saliéndole por la cuenca de su ojo derecho, quedando el ojo clavado en la punta del arpón, TK, comenzó a sentir como los brazos del Axopots perdían fuerza y como lentamente la cabeza y la cola se separaban de su espalda y vio como comenzaba a caer ya sin vida en un movimiento de zigzag, chocando con el fondo negro del océano sin distinguirse, con miedo y pánico. Él, se quedó inmovilizado por un largo rato, sin soltar las pinzas dirigió la mirada hacia la cúpula en donde se encontraba Inda, y vio que tenía las manos en la cara con sus codos recargados sobre la consola y a un lado a Tona de pie, haciendo ademanes y señas en forma de regaño, después de unos instantes, pasado un poco el pánico y terror, TK siguió realizando la recolección de huevecillos y su compañera Inda haciendo su vigilancia con normalidad.

TK, al cumplir con la cuota de huevecillos, salió rápidamente a la superficie de la plataforma por las escaleras sumergidas, montando desesperadamente su Yuyus, para dirigirse al techo de la torre más cercana a la sección cuatro, al llegar al techo lo desmonto de un salto, apresurándose a la entrada angosta, ignorando las preguntas que le hacía la vigilante y empujándola a un lado con su mano, bajó de inmediato al primer balcón introduciéndose a la habitación de resguardo de herramientas y equipo, deshaciéndose del suyo rápidamente, salió de la habitación y descendió por las escaleras en forma de espiral, a gran velocidad con la respiración agitada, hasta llegar al pasillo de túneles, iluminado a todo lo largo por una luz neón roja, casi sin aliento caminó aceleradamente tropezándose con algunos recolectores y vigilantes que caminaban en sentido contrario a él, hasta llegar al salón en donde se encontraba Inda, al entrar al salón, le comenzó a llamar la atención, en forma de regaño preguntándole, que, ¿por qué se había descuidado?, que ese descuido le pudo costar la vida, con voz llorosa y lágrimas en la cara, Ella, le contestó que fue su culpa, que se le había caído al suelo una píldora de alimento y no la encontraba, entonces, le pregunto a gritos, que si no sabía que estaba prohibido tomar alimentos durante la jornada de trabajo, que, ¿por qué lo hizo?, tristemente y con sollozos le respondió que se le hizo fácil, que al ver que todo estaba en calma en el océano, fue que decidió tomar sus alimentos, además de que tenía mucha hambre., Él, se quedó pensativo unos momentos, bajó su tono y con voz más suave y gentil, le pidió que ya no se volviera a descuidar, que estaba advertida y lo sucedido por ser la primera vez, no lo reportaría con el sublíder de sección, que quedaba entre ellos, volteo a ver Tona, agradeciéndole por haberlo salvado le pidió que a nadie, absolutamente a nadie le comentara lo ocurrido, Ella, amablemente asintió con la cabeza y le respondió que a nadie le diría lo sucedido.

TK, esa noche no podía dormir, porque le llegaban a su mente las imágenes monstruosas del Axopots que lo atacó durante la recolección, de su lengua, sus dientes y tenía la sensación de asfixia en el cuello, pero, poco a poco, ya de tantas vueltas y cansancio pudo conciliar el sueño, quedándose profundamente dormido como una roca.

Al otro día en la mañana, se despertó en su habitación con una resaca insoportable, todavía con espanto y angustia por lo ocurrido, se levantó y se dirigió a enjugarse el rostro con el líquido verdoso del océano que tenía en su utensilio de limpieza, en ese instante recordó que tenía una cita con Inda en el Tlatelol de la sección cinco, para tratar de intercambiar algunas cosas con los intercambiadores clandestinos llamados Truekes, TK, al ver que ya era demasiado tarde, se vistió de inmediato y salió apresurado de su habitación al pasillo, durante el trayecto, distinguió a lo lejos que se acercaban en dirección a él tres vigilantes, el sublíder de la sección cuatro de nombre Tiu y Javcomp, de inmediato no pudo contener su emoción y angustia, en ese momento pensó que todos estaban enterados de lo sucedido durante la recolección de huevecillos, sintiendo que todos lo observaban empezó a caminar más despacio y al ver que se acercaban más y más, se puso tan nervioso que empezó a temblar, ya que si no reportaba el ataque del Axopots al sublíder de sección, esta sería una falta muy grave, que incluso le podría costar el destierro y si bien le va únicamente días de trabajo forzado por la noche, ya que puso en peligro el cultivo de huevecillos, que es el alimento de todos, ya de frente a ellos, se quedó parado tiritando de miedo sin hacer algún movimiento, instante en el que Javcomp, le preguntó:

—¿Qué te pasa?

A lo que él con voz quebrada le contestó:

—Nada, nada, todo está bien.

Entonces Javcomp, con tono molesto le gritó que si todo está bien, ¿por qué no se quitaba de enfrente? Ya que estorbaba el paso, disculpándose, bajó la cabeza avergonzado y respirando aceleradamente como de alivio, se hizo a un lado cediéndoles el paso y caminó más a prisa, después de un instante se sintió liberado y pensó que nadie estaba enterado de lo ocurrido el día de ayer, que todo estaba en secreto, volteó para asegurarse que tan retirados iban y al verles las espaldas, le llamó la atención el resplandor de un objeto que Javcomp traía en su mano, era un gancho de los que comúnmente se usan en las plataformas, le causó tanta curiosidad que decidió seguirlos olvidándose de la cita con Inda, los seguía sigilosamente a una distancia considerable, pasando por las secciones seis y siete, hasta que llegaron al final de la sección ocho y se detuvieron enfrente de la última habitación que estaba desocupada desde hace mucho tiempo, ellos voltearon hacia los lados disimuladamente para cerciorarse de que nadie los viera y que todos los que pasaban por ese lugar no se percataran de su presencia, entonces, con un movimiento precavido, Javcomp estiró su brazo con el gancho en la mano y lo introdujo en la rendija de la puerta, empujándola hacia un lado con la ayuda de sus acompañantes, la abrieron bruscamente, Javcomp, rectificó de nueva cuenta que nadie estuviera viendo lo que estaban haciendo y fue el último en entrar a la habitación, pero TK escondido en una de las estructuras del túnel, era el único que estaba observando de reojo todo lo que estaban haciendo, después de un largo rato, vio como Javcomp y solo los tres vigilantes salieron de la habitación muy apresurados y nerviosos, mirando a los lados cerraron la puerta con mucha premura, TK, al ver que se iban acercando hasta donde él estaba, con ansiedad y nerviosismo emprendió la huida de ese lugar, caminando muy aprisa y sin voltear hasta el Tlatelol de la sección cinco.

En el Tlatelol de la sección cinco, comenzó a buscar a Inda por todas partes, ya que no estaba en el lugar de reunión acordado, preguntando por Ella a algunos elaboradores de alimento, vigilantes, recolectores y a los Truekes, que únicamente le contestaban que la habían visto pasar y otros, levantando los hombros le contestaban negando que la hayan visto, entonces, ya cansado de buscarla, decidió ir a ver a uno de los Truekes que es su amigo, de nombre Quetz, al llegar con él, lo saludó con alegría y entusiasmo, y le preguntó si tenía pintura roja, azul y verde entre sus cosas de intercambio, Quetz, le contesto que sí, que le quedaban una porción de cada pintura, pero que si las quería, tenía que intercambiar más de lo acostumbrado, le respondió que por eso no se preocupara, que le dijera cuáles eran las cosas que necesitaba para realizar el intercambio, pero en ese instante llegó Tona, e interrumpiendo la conversación, con gran confianza tomó del brazo a TK, él desconcertado, de inmediato le retiró con brusquedad su brazo y siguió hablando con Quetz, al ver esta reacción, muy molesta le dijo que si estaba buscando a Inda, tenía mucho tiempo que se fue a la sección ocho, porque Tiu la encontró aquí en el Tlatelol y le pidió que después de terminar lo que tenía que hacer, se fuera de inmediato a la última habitación de esa sección, para que le ayudara a trasladar algunas cosas, asombrado por lo que le acababa de decir, hizo que no la escuchaba y disimuladamente siguió hablando con Quetz, Ella, ya enojada se dio la vuelta y sin decir más palabras se retiró del lugar frunciendo el ceño.

Quetz, le dijo a TK, que para hacer el intercambio necesitaba varias Macuas, arpones y una porción de veneno de las espinas del gran cactus de donde viven los Tatums, le respondió que de todo lo que le pedía se lo daría, excepto el veneno, ya que la última vez que lo consiguió fue atacado brutalmente por un Chicls, que incluso durante el ataque perdió uno de sus Yuyus, además de que los Tatums ya aumentaron la vigilancia en la entrada del cactus, que entendiera que el veneno ya era más difícil de conseguir, Quetz, con una sonrisa de disgusto, le dijo que por esta vez le daría las pinturas, pero que para la próxima si no le conseguía el veneno, le iba a pedir el doble de cosas.

Inda, llegó a la última habitación de la sección ocho y la puerta estaba cerrada, llamó con varios golpes y nadie le respondió, después de varios segundos al no tener respuesta alguna, se retiró hacia su habitación, pero durante el trayecto, a la mitad de la sección ocho se encontró con TK, y muy molesta le reclamó por no haber llegado a la cita, él la tomo por el brazo con fuerza y le contestó que no era momento de reclamos, que se fueran de inmediato de ahí a su habitación porque era peligroso, ya en la habitación, Inda, de nueva cuenta le comenzó a reclamar, entonces eufórico, le tapó la boca con la mano y le comenzó a decir todo lo que pasó en la última habitación de la sección ocho, por eso era urgente que se fueran de ahí, Ella, desconcertada le preguntó que si después de eso había vuelto a ver al sublíder de la sección cuatro, le respondió que no, que ya no lo había vuelto a ver en toda la mañana, a lo que Inda, ya no pronuncio palabra alguna y toda la habitación se quedó en silencio.

Ya en la tarde, TK e Inda, se preparaban para comenzar la jornada de trabajo, Ella, en la cúpula de uno de los salones, a hora de la sección ocho, preparando las Macuas para cualquier emergencia y él, en la habitación de resguardo de herramientas y equipos de la torre de esa sección, poniéndose su traje con mucha calma, cuando de pronto, escuchó un fuerte estallido afuera de la torre, que sintió que los tímpanos le reventaban y como el piso se movía y por la entrada de la torre vio como entraba líquido del océano salpicándole todo el cuerpo y como comenzaron a escucharse fuertes gritos de auxilio, de inmediato terminó de ponerse el traje y corrió con dificultad hasta la entrada para ver que sucedía, al salir a la pista, impresionado vio una línea carnuda de los árboles de los islotes, como rodeaba por la cintura a la vigilante de la entrada elevándola por lo alto gritando desesperadamente que la ayudaran, TK, tomo ágilmente la Macua, ya cargada que estaba tirada en el piso, y disparó directamente a la línea carnuda partiéndola en dos soltando de inmediato a la vigilante, pero durante el trayecto a su caída, un insecto volador de gran tamaño hizo un vuelo rapaz y con su hocico la tomó por la cabeza llevándosela ya sin vida, sorprendido al ver esto, se hincó en el piso de la pista arrojando a un lado la Macua y comenzó a llorar de impotencia por no haber podido salvar a la vigilante, instantes después, comenzaron a sonar por todas partes los tambores de emergencia, llamados Naztliz, se escuchaban tumtum, tumtum, tumtum, tumtumtumtumtum, tumtum, era la señal de evacuar el océano, las plataformas y cerrar las entradas a las torres, porque había aparecido un islote muy cercano a los túneles y al desierto y los árboles y los insectos de ese islote eran los que estaban atacando, TK, no hizo caso al llamado de emergencia y en seguida se deshizo del traje, tomó la Macua con arpones y un escudo, metiéndolos en el porta cosas de un Yuyus, y lo montó levantando el vuelo muy aprisa, ya en lo alto, bajó la mirada hacia las plataformas para ver lo que sucedía y observó como las líneas carnudas de los árboles se desplazaban dentro del océano, atrapando Axopots que huían y a sus compañeros y como salían a las plataformas para atrapar Azcapots, Nillas y Yuyus, y otras como llevaban a algunos Tatums y Yatums, que a lo mejor eran los vigilantes de la piedra y del cactus, también, como manadas de Axopots huían con desesperación de los insectos anfibios que los devoraban de un bocado y a otros los partían a la mitad con sus hocicos llevándose la parte que mordieron, compañeros aferrados a las escaleras de las plataformas tratando de liberarse de las líneas, era un espectáculo terrorífico, siguió volando sobre las plataformas, y más adelante, a lo lejos distinguió que un Tatums, nadaba con desesperación hacia las escaleras de la plataforma de la sección cuatro y un insecto anfibio dirigiéndose a él con la intención de devorarlo, de inmediato sacó la Macua ajustándosela en el antebrazo derecho y el escudo en el izquierdo, y disparó dándole en el centro de la cabeza al insecto.

El Tatums, logró llegar a la escalera sano y salvo, y TK siguió volando, viendo desde las alturas todo el espectáculo, instante en que varios insectos voladores del islote se dirigían hacia él, sin hacer mayor esfuerzo puso el escudo frente a él, y apoyó arriba del escudo su brazo con la Macua, y disparó en repetidas ocasiones, dándoles a los insectos los arponazos mortales, que empezaron a caer ya muertos en espiral para estrellarse en el océano.

Inda, en la cúpula del salón de la sección ocho junto con sus compañeros, no cesaba de disparar su Macua, en dirección a las líneas carnudas que penetraban el armazón de huevecillos, llevándose cientos de ellos, viendo como sus compañeros luchaban y pataleaban de desesperación por liberarse de Ellas y como sumergían a los Yuyus, Azcapots, y Nillas, en el océano ya muertos, también a los insectos anfibios como se deleitaban devorando Axopots, compañeros, Yuyus, Azcapots y Nillas que lograban soltarse, muy escalofriante lo que estaban viendo, que hasta la piel la tenían erizada y sus corazones palpitando desbocadamente, con la adrenalina a todo lo que da.

Acabando de sonar los Naztlis, indicando que ya había pasado la emergencia, TK, aterrizó en la plataforma en donde se encontraba sentado el Tatums, desmontando el Yuyus se acercó a él hincándose de frente y le puso sus manos sobre los hombros y con gran inquietud le pregunto su nombre, el Tatums, un poco desorientado y con voz temblorosa le dijo que se llamaba Gacer y como pudo se puso de pie, acercándose a TK para abrazarlo le dijo lo mucho que le agradecía por haberlo salvado del insecto que lo iba a atacar, TK, aceptó el agradecimiento y le dijo que esperara un momento en la plataforma y que se escondiera entre los insectos para que no lo vieran, mientras él iba por pintura roja para pintarle todo el cuerpo y así poder llevarlo a su habitación, ya que él, por ser un Tatums, no puede entrar a los túneles y Torres, e incluso estar sobre las plataformas, al igual que los Yatums, únicamente pueden entrar a los Tlatelols, ya que al ser los lugares de intercambio de cosas, no tienen restricción.

Inda y sus compañeros de la cúpula, al escuchar que pararon los Naztlis, ya muy exhaustos comenzaron a meter las Macuás, sin quitar la mirada de los restos de cuerpos dejados por el ataque, cayendo al fondo del océano estrellándose algunos en la cúpula.

TK y Gacer, ya iban caminando en el pasillo del túnel de la sección cuatro, Gacer, atrás de él ya con todo el cuerpo pintado y la cabeza baja para que no, notaran su presencia, pero afortunadamente nadie la notó, porque el pasillo se encontraba en un verdadero caos por lo sucedido, ya que sobre él se encontraban recolectores y vigilantes heridos y los que no, corriendo desesperados en todas direcciones, más adelante, TK vio de lejos a Inda y le dijo a Gacer que apresuraran el paso para ir a su encuentro, cuando llegaron a Ella, TK, le susurró unas palabras al oído y Ella asombrada se asomó para ver a Gacer, saludándolo con una seña, los tres se fueron juntos a la habitación de TK, ya en la habitación, TK, sacó de entre su guarda cosas píldoras de alimento y bebidas, dándoselas a Gacer y a Inda, Gacer, comenzó a ingerirlas con desesperación y a la bebida le daba grandes tragos que hasta se escuchaba como corría el líquido por su garganta, con más tranquilidad, Inda, le dijo a TK, que estaba loco por haber metido al túnel a un Tatum, que lo podían desterrar, sonriendo, le contestó que mientras Ella no dijera nada, no habría problema alguno, volteó a ver a Gacer, y le preguntó que si ya se encontraba mejor, le respondió que sí y que le agradecía nuevamente el haberlo salvado, que si llegase a necesitar alguna cosa que no dudara en pedírsela y volvió a ingerir los alimentos, Inda, intervino dirigiéndose a Gacer, y comenzó a interrogarlo, él dejó a un lado las píldoras y la bebida, y con voz afligida, empezó a narrar que varias líneas carnudas de los árboles del islote, sorprendieron a su equipo de exploración durante la búsqueda de cactáceas para llevarlas al campamento, TK, sorprendido le preguntó:

—¿Qué campamento?, ¿qué tú no vienes del cactus?

Le respondió que no, que él ya no pertenecía al Cactus, que era un desterrado más de los tantos que viven en el fondo del desierto, que incluso entre los desterrados hay Catums y Yatums viviendo todos en grupo, entonces, TK, le volvió a preguntar que si vivía en el fondo del desierto, ¿cómo fue que llegó al océano?, le contestó que las líneas carnudas los agarraron hasta donde ellos se encontraban y los arrastraron hasta el océano, pero como él traía en su porta cosas un poco del veneno de las espinas del cactus, se lo arrojó en la piel de la línea que lo tenía sujeto y la reacción hizo que lo soltara cayendo al océano, por eso pudo sobrevivir y nadar hacia las plataformas, pero sus compañeros del equipo de exploración, no corrieron con la misma suerte, a todos se los llevaron, Inda, con inquietud, lo interrumpió preguntándole a cerca de los Catums desterrados y los motivos de su destierro, hizo una pausa e ingirió una cápsula de alimento y le contesto que a los Catums, los desterraron por no estar de acuerdo con Javcomp, ¿pero de acuerdo en qué?, reviró Ella, en que Javcomp les manda Catums, a la líder de los Yatums Aksui, y a mi líder Navi, como servidumbre y cuando ya no les sirven se los llevan a las dunas para dejarlos ahí como alimento para los Chicls, TK, al escuchar lo que decía Gacer, apretó sus puños, diciendo que cómo era posible que él no estuviera enterado de tal bajeza, Inda, se le quedó viendo y con sus manos le acariciaba la espalda consolándolo, TK, volteó a ver a Gacer, y le preguntó que si de casualidad había ahí una Catums de nombre Yaru, porque Ella había desaparecido hace mucho tiempo y hasta el momento no se sabe nada de su paradero, él, al escuchar el nombre, muy feliz les preguntó que si la conocían, TK e Inda, contestaron al unísono que sí, y voltearon a verlo con ojos de entusiasmo, preguntándole que si estaba con ellos en el campamento de los desterrados, y les respondió que sí, que si está con ellos, que incluso, es la Gran Maestra del Grupo de los Desterrados.

Al caer la tarde, Gacer, le pidió a TK, que lo llevará al fondo del desierto, ya que estar aquí con él era peligroso, le respondió que sí, que esperara más tiempo, ya que en estos momentos Inda y él tenían que ir a hacer la cuantificación de las bajas que hubo, gracias, muchas gracias TK, dijo Gacer.

Cuando terminaron la cuantificación de bajas, TK, le pidió a Inda que se preparara para acompañarlo al desierto a dejar a Gacer, respondió que sí, pero primero tenía que ir a su habitación para empacar alimentos y la Macua especial, para empotrarla al Yuyus, también por los escudos, él le agradeció y le dijo que se veían en su habitación cuando ya estuviera lista.

Salieron los tres de la habitación, caminando por todo el pasillo, TK por delante, Inda atrás de él y Gacer hasta atrás de los dos, cargando todo el equipo tapándole el rostro en dirección a la torre de la sección ocho, para no despertar sospechas, ya que fue la más destruida por el ataque, en la torre salieron a la pista y la vigilante apostada en la entrada, les comenzó a preguntar que si iban a trabajar, a lo que contestaron los tres que sí, y les preguntó, para qué tanto equipo, TK, le respondió que el equipo era para estar prevenidos si se presentaba algún peligro, aparte, iban a trabajar en la reparación de los daños causados en las plataformas y verificar la cantidad de insectos que se llevaron las líneas carnudas, la vigilante vio que Gacer subía más sus brazos con el equipo y se acercó a él, diciéndole que lo bajara, que para qué lo seguía cargando todavía, Gacer, le hizo caso y se agachó hasta el piso a dejar las cosas haciendo como que andaba buscando algo de entre el equipo, y la vigilante se volteó sin decir ya nada, dándoles la espalda les sugirió que tuvieran cuidado, porque le reportaron que había todavía algunos insectos voladores del islote merodeando, Inda y TK, le agradecieron la sugerencia aproximándose a donde se encontraban los Yuyus, tomaron uno y lo comenzaron a preparar, poniéndole la montura especial y el porta cosas más grande, Gacer, los alcanzó con el equipo y viendo en dirección al islote les ayudaba pasándoselos, Inda al terminar de ajustar la Macua especial en su soporte de tres patas, con una seña le indicó a TK y a Gacer que todo estaba listo, de inmediato los tres montaron el Yuyus, pero de pronto se escuchó un grito, los tres voltearon y vieron que era Tona haciendo la señal de espera, al acercarse a ellos les pidió que la dejaran acompañarlos y vio a Gacer preguntando que quien era, TK, le hizo con la mano la seña de guardar silencio, ya que la vigilante no apartaba la vista de donde estaban, y le dijo que no había problema, que en el camino le comentarían y levantaron el vuelo dejando atrás la torre y el islote.

Durante el vuelo hacia el desierto, todo se encontraba en silencio y el resplandor del islote se alejaba poco a poco dejando todo el terreno en oscuridad, TK, acariciaba al Yuyus y con voz baja le dictaba órdenes y Gacer, miraba en todas direcciones explorando el terreno e Inda, insertando la carrillera de arpones en el cerrojo de la Macua y Tona limpiando los escudos y sacando cápsulas de alimento y bebidas para repartirlas, en eso, Gacer vio a lo lejos tres luces azules que apenas se lograban distinguir, desplazándose muy lentamente al fondo del desierto, volteó a ver a TK señalándole las tres luces y él, sin más dudas acarició al Yuyus por la cabeza y le ordenó ir en dirección a Ellas, mientras Inda, comenzaba a cargar la Macua, y Tona, le pasaba las carrilleras con arpones, no tardaron en llegar y posó al Yuyus detrás de las luces, dándose cuenta de que eran tres vigilantes sobre sus deslizadores, y a un lado de ellos una fila de Tatums caminando, con collares en el cuello atados unos de otros y con las manos amarradas por detrás, TK le habló al Yuyus al oído y con una caricia le ordenó que aterrizarán, pero el sonido de sus alas, hizo que voltearan los vigilantes y al verlo, uno de ellos, sin mediar preguntas arrojó su Pop, dando varios giros en dirección a Inda, que le pegó directamente en su cuello, lo que le provocó una herida mortal.

Ella, al recibir el golpe alcanzó a disparar en tres ocasiones la Macua, estrellándoles en el pecho de dos vigilantes, los arpones a gran velocidad, que los tumbó de sus deslizadores ya sin vida, pero uno de ellos los esquivó y saltando de su deslizador huyó a la oscuridad de regresó al cactus, TK, al verlo, no dudó en saltar del Yuyus y se ajustó su Macua en el antebrazo derecho y la disparó asestándole por la espalda el arpón, que hizo que cayera boca abajo, de lleno al suelo que hasta el polvo levantó, TK, fue a verificar si todavía estaba vivo y notó que el Tatum tenía los ojos muy abiertos en señal de estar muerto y se regresó donde estaba Tona, Gacer y el grupo de Tatums prisioneros, que se encontraban hincados con la cabeza baja, él, dirigiéndose a Gacer y a Tona, les indicó que los liberaran de inmediato, los alimentaran y le dieran bebidas, después, volteó a ver los cadáveres de los vigilantes tirados a un lado y quitándoles las armas, le preguntó a Tona por Inda, y Ella le contestó tristemente que ya no se podía hacer nada por Ella, que ya había muerto, al escuchar las palabras de Tona, se le comenzaron a llenar los ojos de lágrimas, y de nueva cuenta apretó los puños y les dijo que lo dejaran a solas con Ella para darle el último adiós, Tona y Gacer, obedecieron sin chistar y se quedaron con el grupo de prisioneros, paso un largo rato y después de que TK se despidió de Inda recordándole las aventuras, los enojos y los momentos de alegría que vivieron juntos, y los prisioneros se alimentaron, bebieron y descansaron, se dirigió a ellos dándoles instrucciones de seguir caminando, pero a hora en dirección al campamento de los desterrados.

Durante el camino al campamento, lo único que lograban distinguir por la oscuridad del desierto, eran sus sombras moviéndose en el suelo y la fila que hacían al caminar, después de largo rato de camino, de entre la oscuridad escucharon ruidos extraños y poco a poco al seguir caminando, se encontraron de frente un Lombs, que se estaba alimentando de los restos de un Chicls, de inmediato se estremecieron y su piel se les erizó al ver que era superior en tamaño a los normales, en seguida lo comenzaron a rodear alistando sus armas con mucha precaución, el Lombs, al ver la presencia del grupo, se quedó quieto identificándolos y sin inmutarse se levantó en sus dos patas traseras y con un quejido aterrador, se abalanzó hacia ellos en dirección a Gacer, y tres Tatums, TK, al ver la situación, cogió la Macua especial enrollándose la carrillera en el brazo izquierdo, comenzó a disparar en repetidas ocasiones, dándole al Lombs en todo el cuerpo y en la cabeza, arponazos que le provocaron una muerte instantánea, su cuerpo ya sin vida cayó encima de Gacer y de los tres que estaban con él aplastándolos, de inmediato todo el grupo corrió hacia ellos y con gran esfuerzo cargaron al Lobms, liberándolos a tiempo, al pasar este peligro descansaron un poco y de la impresión volvieron a alimentarse y a beber para refrescarse, después del descanso, siguieron su camino sin parar, y afortunadamente durante el trayecto, ya no se encontraron con más peligros, TK, le preguntó a Gacer que, si ya iban a llegar, le respondió que ya, que faltaba una última duna por cruzar.

Después de largo camino, al cruzar una duna enorme encontraron una luz roja, una azul y una verde enterradas en el suelo, y Gacer volteó a ver a TK, diciéndole que ya habían llegado al campamento y con su brazo izquierdo hizo la seña de parar y con el derecho comenzó a balancear de un lado a otro una de las luces que traían, en ese instante se abrió un pasillo de entre el piso y salieron tres vigilantes que se acercaron lentamente armados, Gacer les gritó que no había problema, que eran amigos con prisioneros que rescataron, los vigilantes, al escucharlo le dieron la bienvenida y los invitaron a pasar, entraron al pasillo cerrándose una puerta atrás de ellos y caminaron por el a todo lo largo iluminado con luces azules, rojas y verdes, llegaron a un salón de gran tamaño con varias habitaciones y en el centro se encontraban muchos Catums, Tatums y Yatums, sentados todos en círculo tomando alimentos, bebiendo y platicando muy tranquilos entre ellos, en eso, un grupo de cinco salió de una habitación y se acercó a ellos, entre el grupo iba Yaru y el consejero Cuvor, quienes los recibieron con saludos, Yaru se sorprendió al ver a TK y a Tona, y de inmediato los abrazo y les dijo que hacía mucho tiempo que no los veía, que se alegraba de tenerlos ahí, y se los presentó a Cuvor, un Yatums de buen carácter, pero eso sí muy exigente, Cuvor, los observó de arriba abajo y les dijo que todos los que son amigos de Yaru, eran bienvenidos, que se pusieran cómodos, TK y Tona, sin demora se acercaron al círculo y se sentaron, de inmediato les ofrecieron alimentos y bebidas, mientras a Gacer, Yaru le pedía que la acompañará a la habitación de reuniones para que le dijera todo lo sucedido y al grupo de exprisioneros que se fueran con Cuvor, para que les diera los detalles de su nuevo hogar.

Yaru, después de estar con Gacer, salió de la habitación y se aproximó a TK y a Tona, y les pidió que la acompañaran porque quería hablar con ellos, entraron a la habitación y se sentaron a lado de Gacer, y Yaru enfrente de los tres, comenzaron a intercambiar palabras, TK y Tona, explicando con detalles el ataque al islote, el rescate de Gacer, el rescate de los prisioneros y la muerte de Inda, Yaru, interrumpió y les pregunto que a donde la habían dejado, y TK, le contestó que en ningún lado, que traían el cuerpo con ellos y que si no era mucho pedir le permitieran dejarla aquí, de inmediato con voz dulce le contesto que sí, que la dejara aquí para cuidar su cuerpo, Tona intervino y le pidió a TK que le preguntara a Yaru, todo en relación a su destierro, sin dejar que le preguntará, Ella comenzó hablar y les dijo que la desterraron por preguntarle a Javcomp acerca de la última habitación de la sección ocho, toda vez que se rumoraban cosas extrañas acerca de esa habitación, que incluso, se decía que adentro se encuentra un gran túnel con alimento, y que Javcomp muy molesto, le ordeno en ese instante a Tiu, que se la llevara al destierro de la muerte y durante el camino, Tiu le explicó todo lo que Javcomp hacía ahí, de lo cual, él no estaba de acuerdo y en la duna la liberó dándole un mapa, para que llegara al campamento de los Truekeros, lo que a hora es este campamento, para que también ayudara a rescatar a todos los Catums, Tatums y Yatums que fueran desterrados, atentos, TK y Tona escuchaban todo lo que les decía sin omitir detalle alguno.

Ya pasado un largo rato de plática y risas en la habitación de reuniones, comenzó a escucharse en todo el gran salón el sonido de las ocaris, flauta de los Yatums en forma de rana, una melodía tan melancólica, que Yaru, Tona, TK y Gacer al escucharla enmudecieron cerrando los ojos para disfrutarla y meditarla, al acabar, TK y Tona se levantaron diciéndole a Yaru, que ya tenían que regresar, Gacer, intervino y les pidió que se quedaran un rato más, a lo que contestaron que no, que su ausencia podría despertar sospechas, además, tenían que reportar la muerte de Inda, él, tristemente les contesto que cuando quisieran eran bienvenidos al campamento y que si necesitaban algo que no dudaran en pedirlo, a lo que Yaru participó asintiendo con la cabeza, TK y Tona les agradecieron y salieron de la habitación de reuniones y Cuvor, se les acercó y les dijo que ya tenían en el porta cosas del Yuyus provisiones para su regreso, por si se les llegara a presentar algún inconveniente, agradecieron de nueva cuenta y se despidieron de todos, Yaru, sin olvidar lo que platicaron, le entregó a TK un tubo cerrado en el que había instrucciones para él, ya afuera del campamento montaron el Yuyus y se elevaron a las alturas de regreso a su hogar.

Durante su regreso, volaron sobre el mismo camino que tomaron al campamento de los desterrados y bajaron sus miradas con las luces que traían y alcanzaron a distinguir el cuerpo del Lombs que los atacó, infestado de pequeños Chicls que lo devoraban, más adelante, los cuerpos de los vigilantes siendo arrastrados por un pequeño Lombs, y a lo lejos, el resplandor del islote y algunos enjambres de insectos volando en círculos, sobre los restos de los cuerpos, que se encontraban flotando en el ocano, dejados por el ataque del islote, al llegar a la torre de la sección ocho, TK y Tona desmontaron el Yuyus y la vigilante de la entrada se acercó a ellos preguntándoles por los otros dos, le contestaron que desafortunadamente fueron atacados por un insecto del islote y lo iban a reportar a Tiu, Ella, desconcertada les contestó, que a Tiu aún no lo encuentran, TK, hizo una mueca de sorpresa y sin decirle nada más a la vigilante, él y Tona entraron a la torre y en el túnel cada quien tomó camino a su habitación.

TK, en su habitación, sacó el tubo que le dio Yaru y al abrirlo cayó al suelo un pedazo de corteza de espina con Códices que indicaban que fuera a ver a Quetz, para que le dé las instrucciones necesarias y les proporcione ayuda.

Al otro día, después de la jornada de trabajo, TK, fue por Tona, que ya era su compañera asignada y le dijo que lo acompañara al Tlatelolt de la sección cinco para ver a Quets, Tona le respondió que sí, que la esperara un momento, ya que estaba acomodando las Macuas, al llegar los dos al Tlatelolt, comenzaron a buscar a Quetz, y al verlo se apresuraron hacia donde él estaba y TK, le hizo la seña descrita en la corteza de la espina y Quetz, al ver la seña se alegró tanto que lo abrazó y lo tomó por el hombro llevándoselo a una pequeña habitación, diciéndole a Tona que lo esperara ahí, ya en la habitación, Quetz cerró la puerta y le explicó a TK, que él era parte del grupo de los desterrados y la razón era porque todos los Truekeros están en contra del esclavismo y vejación que hacen los líderes de las tres razas a sus súbditos, también, que cambia cosas por armas para mandárselas a los desterrados, porque Yaru, la Gran Maestra, está planeando formar un gran ejército, para cuando llegue el momento de estar listos, por medio de una guerra derrocar a los líderes de las tres razas, además, de que tenía el gran privilegio de conocer a Yaru, y así siguió explicándole todo, sin retraso, TK, le preguntó por la última habitación de la sección ocho, Quetz, bajó la mirada al suelo y con su voz triste le contestó que ya debe conocer toda la verdad, que fuera a esa habitación y que al abrir la puerta, se parara en el dintel y con mucha atención se fijara en la forma de la pared de enfrente y que empujara con su mano para que se habrá el pasadizo secreto, y va a ver un pasillo, pero que tuviera mucho cuidado al entrar, ya que hay mucha vigilancia.

TK, se despidió de Quetz, le dio un abrazo y con rapidez fue por Tona, llegando a donde Ella estaba esperándolo, le dijo que buscara uno de los ganchos que usan en las plataformas, Ella sin hacer preguntas, de inmediato se dirigió a la torre de la sección cinco, y pasando por la habitación de resguardo de equipo, vio recargado en la pared el gancho que le pidió TK, lo tomó enseguida, y regresó corriendo hasta la sección ocho para alcanzarlo, los dos, llegaron a la última habitación de esa sección y se pararon enfrente de la puerta, voltearon en todas direcciones para verificar que nadie los estuviera observando, él, sacó el gancho y lo metió en la rendija de la puerta empujándolo hacia un lado con la ayuda de Ella, después de tanto esfuerzo lograron abrirla y de inmediato hizo todo lo que le indicó Quetz, posterior a esto, se abrió el pasadizo y volteo a verla diciéndole que esperara afuera de la habitación por si se presentaba algún peligro, a lo que sin reproche asintió con la cabeza, TK, al entrar al pasadizo, siguió por un pasillo iluminado a todo lo largo por una luz roja fluorescente, que lo llevó a una cueva muy grande y vio que había cientos de contenedores con cápsulas de alimento, y al fondo una máquina perforadora en desuso, toda empolvada con señas de descompostura y algunos vigilantes montando guardia, siguió caminando con cautela, escondiéndose entre los contenedores y más adelante se empezaron a escuchar voces y al llegar al lugar de donde salían las voces, vio que era un salón grande muy iluminado, se quedó a un lado de la entrada para ver que sucedía a dentro, y notó que había muchos Taums y Yatums, sentados con collares amarrados entre sí, elaborando en serie cápsulas de alimento, y a Javcomp supervisando el trabajo desde un balcón y gritando que se apuraran a trabajar, al final del salón vio como entraban y salían vigilantes Tatums y Yatums de entre otros túneles, uno iluminado con la luz verde y el otro con la luz azul, TK, seguía observando todo el salón con detenimiento, en eso, dos vigilantes Yatums, se dirigieron al balcón en donde se encontraba Javcomp, y le preguntaron que quienes eran los Yatums que ya no le servían y él señaló con su dedo a cuatro, que al ver que eran señalados se espantaron y de inmediato se hincaron comenzando a implorar que les diera otra oportunidad, los vigilantes con mueca de burla, sin más palabras los levantaron bruscamente zangoloteándolos y los amarraron a los cuatro en fila, y le dijeron a Javcomp, que se los llevarían a las dunas, al destierro de la muerte, cuando se estaba dando este acontecimiento, TK, escuchó atrás de él, unas voces y gritos, al parecer de Tona, y se fue a ocultar entre la máquina perforadora para que no lo vieran, Tona, venía adelante de dos vigilantes manoteando y los vigilantes empujándola para que caminara más aprisa, cuando pasaron a lado de TK, Ella lo alcanzó a ver y él le hizo la seña de que se quedara callada, que no se preocupara, al entrar al salón, uno de los vigilantes la empujo tan fuerte que cayó hincada al piso, y Javcomp, volteó por el ruido y les preguntó a los vigilantes que quien era Ella, a lo que contestaron que Ella era Tona y que la encontraron merodeando afuera de la habitación, Javcomp, de inmediato les gritó a los vigilantes Yatums que llevaban a los cuatro esclavos al destierro, que regresaran, ellos, al escuchar el grito, regresaron y les dijo que también se llevaran a esta Catums al destierro, de inmediato la jalaron por los brazos y la amarraron.

TK, se fue a esconder por unos momentos más entre la máquina perforadora y al recargarse en la pared, sintió que había algo, volteó lentamente pensando que lo habían descubierto y se espantó al notar que era un esqueleto con una insignia de sublíder y se acercó más para tratar de identificarlo, viendo que era Tiu ya en el puro hueso, se regresó al pasadizo y salió volteando en varias direcciones, para cerciorarse de que nadie lo viera cerrando la puerta, llegó apresurado a su habitación, preparó alimento, bebidas y la Macua especial y ya listo, se fue en dirección a la torre de la sección ocho, percatándose de que no había vigilante en la entrada, de inmediato fue al primer Yuyus que encontró y comenzó a prepararlo, y ya listo, levantó el vuelo en dirección a la gran piedra de los Yatums, comenzaba a oscurecer y él seguía volando, al llegar, la rodeó por la parte contraria del puente de entrada, y se dirigió hasta lo alto aterrizando con mucho cuidado en el techo, y ahí esperó a que salieran los vigilantes con los desterrados y Tona.

TK seguía vigilando desde lo alto y de pronto vio que por el puente se desplazaban tres luces, de inmediato monto su Yuyus y comenzó a volar atrás de Ellas muy despacio sin despegarse, después de un buen trayecto, le acaricio la cabeza al Yuyus dándole la orden de volar más alto para pasar por encima de las luces y rebasarlos, después de rebasarlos voló de lado contrario y les llegó de frente, eran tres vigilantes que llevaban las luces, al verlo, de la impresión se quedaron paralizados y efectivamente traían a los desterrados y a Tona, TK, tomó la Macua y comenzó a dispararles con ira, fulminándolos al instante, destrozándoles por completo el cuerpo de tanto arponazo, TK, aterrizó y desmontó el Yuyus para desatar a Tona y a los prisioneros y le preguntó a Tona que faltaban dos, que donde estaban, le contestó que les quitaron la vida en la gran piedra, porque al estar en presencia de su líder Aksui, le escupieron la cara en señal de desprecio por lo mala que era y por eso los mataron, pobres le respondió, ya desamarrados Tona y los dos prisioneros, montaron con TK el Yuyus y él le acaricio la cabeza indicándole que fueran otra vez al campamento de los desterrados.

Al llegar al campamento, salieron a recibirlos Gacer, y Yaru, TK, desmontó el Yuyus y se acercó a ellos y les dijo que les traía a estos Yatums, que eran esclavos junto con Tona, rescatados en el desierto, que ya eran unos desterrados más y se los encargaba, ya que él tenía que regresar, Gacer, y Yaru le dijeron que no se preocupara, que se fuera sin cuidado, Yaru se acercó más a él y le preguntó si ya sabía la verdad, le contesto que sí, que por eso trae más armas, alimentos y las armas de los vigilantes que acababa de quitarles la vida, pero que la mala noticia era que Tiu, estaba muerto en el túnel de Javcomp. Ella, se entristeció al escuchar la muerte de Tiu, no dijo nada al respecto, nada más le contestó con un gracias por ayudarlos, que él, también ya era parte de los desterrados.

TK, llegó a la torre de la sección ocho, notando que el islote había desaparecido y que ya había una vigilante, pero no era la que estaba antes, se acercó a Ella y le preguntó por la anterior vigilante, le contestó que se la llevó una línea carnuda de los árboles del islote antes de desaparecer, él, ya no hizo más preguntas y entró a la torre en dirección a los túneles para ir a su habitación, llegó a su habitación y se dispuso a dormir pensando en todo lo que había sucedido, pero culpándose por la muerte de Inda.

Al despertarse TK, se quedó todavía acostado un buen rato pensativo, haciéndose muchas preguntas de todo lo que le había ocurrido, en ese instante se escucharon dos golpes en la puerta de su habitación, se levantó con rapidez para ver quién era, al abrirla le cayó encima Quetz, con heridas de golpes, lo alcanzó a sostener y lo metió a su habitación recostándolo en el piso y volvió a la puerta para fijarse si alguien los vio, pero afortunadamente el pasillo estaba desierto, con alivio la cerró, ya adentro, le preguntó a Quetz, que le había pasado, él le contestó con voz lenta y entre cortada, que Javcomp fue a buscarlo en la noche al Tlatelolt y le hizo preguntas respectó de una tal Tona, y que si ha escuchado algunos comentarios que últimamente se han empezado a difundir de los desterrados, también, le pidió que espiará a los que estuvieran haciendo actos de complot o comentarios de desobediencia y que si llegara a saber, le proporcionara los nombres, Quetz, hizo una larga pausa y continuó diciendo que al negar a Tona y oponerse a su petición, Javcomp, muy molesto les dijo a los vigilantes que lo acompañaban, se lo llevaran a su habitación, para que él viera que no estaba jugando y después de la golpiza que le propinaron fueron a dejarlo de nueva cuenta al Tlatelol, con la advertencia de que tenía tres días para cooperar, pasado ese tiempo si no había una respuesta favorable, lo llevarían a las dunas para servir de alimento a los Chicls, TK, limpiándole el rostro, le dijo que no se esforzara demasiado, que descansara y no se preocupara, que iban a hallar la manera de salir de este embrollo, le preguntó que en donde se encontraba Javcomp que en estos momentos, Quetz, todavía respirando muy aprisa, le contestó que alcanzó a escuchar que iban a la última habitación de la sección ocho, TK, lo recostó y le sugirió que se quedara descansando en su habitación y por ningún motivo saliera, que iba a ver qué era lo que Javcomp estaba planeando, porque al parecer está planeando algo muy importante.

TK, salió de su habitación con mucha cautela y el pasillo seguía desierto, que raro se preguntó, y se dirigió a la sección ocho, entró en la última habitación e hizo lo acostumbrado para entrar a la cueva, recorrió el mismo camino teniendo cuidado con los vigilantes y llegó de nueva cuenta a la entrada del salón, viendo cuidadosamente hacia su interior, se percató que ya no estaban los Tatums y los Yatums, haciendo las cápsulas de alimento, nada más estaba Javcomp, y algunos vigilantes parados en la salida de los dos túneles, parecía que esperaban a alguien, y en efecto, comenzaron a salir del túnel que estaba iluminado con la luz azul el líder de los Tatums Navi, con un libro extraño incompleto bajo su brazo y con un séquito de diez vigilantes, del otro túnel iluminado con la luz verde la líder de los Yatums Aksui, y parecía que traía la otra parte del libro que traía Navi bajo el brazo, también con un séquito de diez vigilantes, TK, se quedó impresionado al verlos entrar y saludar tan amigablemente a Javcomp, que igual traía otra parte del mismo libro, él, de inmediato mandó a traer una gran mesa ovalada hecha de barro negro, tres asientos, alimentos y bebidas para los invitados que acababan de llegar.

TK, logró entrar al salón y se escondió atrás de unos contenedores de huevecillos que estaban alineados en la pared, viendo como Javcomp con su mano derecha les indicaba a todos los vigilantes que se retiraran y los dejaran solos, los vigilantes obedecieron asintiendo con la cabeza se retiraron, pasado esto, los tres se sentaron alrededor de la mesa y pusieron los libros sobre Ella, TK, se les quedó mirando fijamente con una gran incógnita, ya que él desconocía su existencia.

Aksui, hizo el protocolo de inicio de la reunión, después, Ella fue la primera en hablar y les comenzó a decir que esta reunión era demasiado urgente, porque en la gran piedra hay rumores respecto de lo que están haciendo, incluso, los vigilantes que llevaban a los últimos desterrados no han regresado, interrumpió Navi, diciéndoles que también mandó un buen grupo de desterrados y al igual, los vigilantes no han vuelto. Javcomp se rascó la barbilla y pensativo les contestó que tenían que hacer un plan, porque esto se podía salir de control, y la estabilidad de las tres razas se complicaría, ya que atraparon a una Catums husmeando en la habitación de entrada a esta cueva, Aksui, volteó a ver a Javcomp, preguntándole que si era la Catums que le mandó con sus vigilantes, le contestó que sí, que su nombre era Tona, pues esos vigilantes son los que ya no regresaron y eran de mi más entera confianza, y de esos desterrados, a dos les quité la vida por escupirme la cara, contestó Aksui:

—¿Qué?

Los dos voltearon preguntado, Ella, les respondió:

—Sí, me escupieron los muy insolentes, me puse mi pote y les llené la cara de púas.

—¿Entonces qué vamos a hacer? —externó Navi—. Aquí hay algo raro, me han dicho que un Catums de nombre TK, ha salido constantemente estos últimos días y que lo vieron con el Truekero Quetz.

—Y a ese Truekero, lo voy a mandar al destierro de la muerte —les dijo Javcomp.

—¿Por qué? —le preguntó Aksui—, si los truekeros son de mucha ayuda.

—Ya que después de torturarlos informan todo con detalle, pero ese Quetz, ha sido uno de tantos que se opone a cooperar —refutó con enojo Javcomp—, por eso su destierro debe ser inmediato.

Navi, abrió la parte de su libro y comenzó a leer la última hoja, consternado, les mencionó que ha leído tantas veces el libro que no encuentra algún dato respecto de lo que está sucediendo, Javcomp y Aksui, le contestaron lo mismo, después, Javcomp se levantó de la mesa y les propuso que se reunieran a futuro, ya que tenía una idea que va a funcionar y si funciona como él lo espera, así se desharían de los inconformes y TK, no separaba la mirada de los libros preguntándose, ¿qué serán esas cosas?, y seguía observando muy callado con la emoción en el cuello y seguía escuchando con mucha atención, Navi, también se levantó de su asiento y explicó que tenían que terminar de una vez por todas con todos esos inconformes, y a investigar que paso con los vigilantes que ya no regresaron, Aksui, de inmediato dijo que tenía un plan, un plan rápido, Javcomp y Navi, al unísono le pidieron que lo expusiera, el plan consistía en mandar al desierto a algunos vigilantes haciéndose pasar como desterrados y matar algunos Chicls, para que otros vigilantes los usen como camuflaje y así esconderse dispersados en el camino para saber qué es lo que está pasando, Javcomp, se volteó dándoles la espalda y la felicitó por el plan y les preguntó a los dos, que para cuándo seria, Navi, volteó a ver a Aksui, y le dijo que su plan era fabuloso y que él proponía que fuera lo más pronto posible, ella, sin premura le preguntó a Javcomp, que como veía la propuesta de Navi, está bien dijo él, que así le daba tiempo de maquinar su plan, pero que les adelantaba que su plan era en relación a hacer la guerra, con la finalidad de mandar al frente a los inconformes y a los futuros desterrados y TK, seguía observando y escuchando sin perder cada detalle de lo que hablaban, Navi y Aksui, soltaron una carcajada al mismo tiempo y le dijeron a Javcomp, que esa era la mejor idea que habían escuchado en mucho tiempo y ella dirigiéndose a Navi, le dijo que se imaginara cuantos iban a morir y él siguió con las carcajadas agarrándose el estómago y con los ojos llorosos de tanta risa, después de un instante, paró de reír y respondió que esa era una idea tan fabulosa que ya se imaginó a todos los insolentes inconformes muertos.

—Entonces, ¿qué les parece si nos reunimos mañana?, para diseñar la estrategia de esta guerra, que la llamaré Ayao —les dijo Javcomp.

Sin ningún problema respondieron Navi y Aksui. y Ella se levantó de la mesa y les dijo que no se hablara más, que de inmediato les diría a sus sublíderes de gran confianza el fabuloso plan de guerra y Navi, tomó su libro y se lo puso debajo del brazo, movimiento que también hicieron Javcomp y Aksui, se abrazaron despidiéndose y Javcomp les llamó a los vigilantes y Aksui le preguntó a él, nuevamente sobre Quetz, y él le respondió que mañana lo mandaría al destierro, y se retiraron por sus respectivos túneles, despidiéndolos en la entrada Javcomp, TK, seguía viendo, pero a hora horrorizado al ver que uno de los vigilantes se acercaba a la pared de los contenedores, en donde estaba escondido, pero el vigilante al llegar a la pared, ni se percató de su presencia y recargó su mano en un pequeño cuadro, enseguida se levantó una compuerta y de ahí salieron los Tatums y Yatums, Javcomp dio la orden de acomodar todo para que reiniciaran sus labores, los guardias procedieron y a empujones los sentaron, a otro grupo les ordenó acomodar los contenedores y al momento de que ese grupo movió los contenedores, un Yatums, que cojeaba de su pie derecho, notó la presencia de TK, de inmediato TK le hizo la seña de guardar silencio y el Yatums, asintió con la cabeza y TK, logró salir de ahí.

Ya en su habitación, TK, comenzó a platicar todo lo que hablaron los tres líderes con Quetz, y él le dijo que aprovecharan esta oportunidad para que lo llevara con los desterrados.

CAPÍTULO

II

La guerra

Inicia la Guerra

TK, le dijo a Quetz, que por el momento era muy peligroso llevarlo al campamento de los desterrados, que esperara más tarde para no levantar sospechas, "que no se preocupara", le contestó Quetz, los truekes para las emergencias que se llegan a presentar, tienen escondida una esfera giratoria de los Tatums, en las plataformas de la sección cuatro entre los insectos y con Ella no es necesario utilizar un Yuyus, se pueden marchar por adentro del océano, le respondió que su plan era estupendo, entonces que estuviera listo porque en la noche partían y que descansara mientras él iba a realizar sus labores, gracias le expresó Quetz.

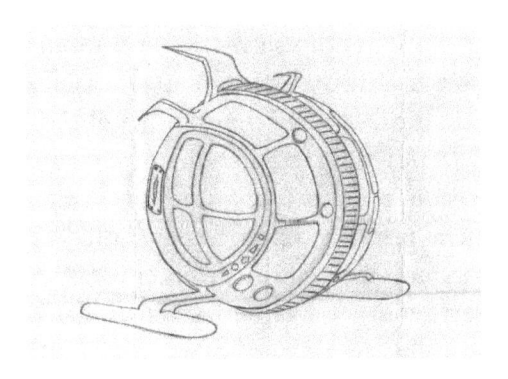

Esa noche, salieron de la habitación en dirección a la sección cuatro, Quetz, cargando parte del equipo tapándole la cara para que no lo reconocieran, porque a esa hora ya lo andaban buscando los vigilantes de Javcomp y TK, iba adelante de él esquivando a las ranas que venían de frente y a otras entorpeciéndoles el camino como distractor, con dificultades llegaron a la torre de esa sección, al salir a la pista, la vigilante de la entrada, señalando a TK, se les acercó preguntándoles que a donde iban, porque a él, no le correspondía estar en esa sección ya que sus labores habían terminado, Quetz, al notar la reacción de la vigilante, tiró el equipo que traía y el sonido hizo que Ella se distrajera y volteara a verlo, sorprendida, se acercó a él, diciéndole que lo andaban buscando desde la mañana los vigilantes de Javcomp, en ese instante TK, aprovechó esa distracción para llegarle por la espalda y asestarle un golpe en la cabeza con la Macua que traía ajustada en el antebrazo, haciendo que cayera inconsciente a los pies de Quetz, TK la cargó en sus hombros y con paso acelerado se dirigieron con la rana a la plataforma en donde se encontraba la esfera, al llegar, TK, la recostó en el piso mientras Quetz, se ponía a revisar las condiciones externas de la esfera, los niveles de combustible y los controles de mando, al terminar, le ordenó a TK, que la artillara con las Macuas especiales, pero, la vigilante comenzaba a despertar, ellos, al verla se apresuraron a amarrarla y tapándole la boca siguieron con los preparativos de la esfera, al concluir el artillado y la revisión de la esfera la arrojaron al océano y Quetz, sumergió la cabeza para asegurarse que nadie estuviera observando desde el salón de la cúpula de vigilancia que está en el fondo, al ver que el salón estaba vacío, se introdujo a la esfera e hizo una última revisión al panel de control y dando todo correcto encendió su mecanismo impulsor y le ordenó a TK, que apresurara a meterse junto con la a vigilante, adentro de la esfera, Quetz le dio la instrucción de que él sería encargado del control de las Macuas y así emprendieron sin demora el camino sumergiéndose al fondo del océano, durante el trayecto, la vigilante en la parte trasera gemía y hacia movimientos de desesperación para que la desataran, pero ellos, sin hacerle caso se concentraron en navegar, observando a través de las ventanillas como el océano se encontraba en calma, el tiempo transcurría sin presentarse algún peligro, de repente, se escuchó un fuerte estruendo y el líquido del océano comenzó a moverse fuertemente, haciendo que la esfera se balanceara de un lado a otro y diera giros que los puso por unos momentos de cabeza, y vieron cómo se sumergía de frente a ellos la parte de un islote, que al parecer acababa de caer sobre el océano, sorprendidos, Quetz, muy alterado movió de inmediato el bastón de mando y estabilizó la esfera, obligándola a dirigirse más al fondo para esquivar el islote, TK, se aferró fuertemente al asiento y la vigilante por los movimientos bruscos de la esfera, se dio un fuerte golpe en la cabeza con el techo que hizo que volviera a perder la conciencia, continuaron navegando con nerviosismo y cuando empezaban a pasar por debajo del islote, la angustia se iba incrementando dentro de sus cuerpos, al notar como las líneas carnudas de los árboles del islote se meneaban como cabellos y se comenzaban a deslizar en dirección a ellos, afortunadamente con los movimientos audaces de Quetz, lograron esquivarlas dejándolas muy atrás, TK, seguía muy atento aferrado al asiento, mientras Quetz, con un ademan le hizo señas para que observara por el retrovisor, obedeciendo la orden, TK, vio a un insecto de un tamaño colosal del cual nunca habían visto, que los seguía con mucha rapidez y tenacidad con la boca abierta en toda su extensión, apresurado TK, tomó el mando de las Macuas y con un movimiento hizo que giraran hacia atrás en dirección a la cabeza del insecto, lo centró en la mira y comenzó a disparar sin cesar dándole en todas partes, que hasta algunos arpones entraron en la boca ensartándose en su garganta y otros se incrustaron en los ojos, arponazos que no le hicieron daño alguno, al ver eso, apresuraron la huida, pero el insecto no cesaba la persecución y TK, no se cansaba de disparar hasta agotarse las carrilleras de arpones y recargar más y sin despegar la mirada al gran insecto volteo a ver Quetz, diciéndole que iba a ser difícil salir de este apuro, Quetz, volvió a fijar su mirada en el retrovisor, diciendo que no iban a morir, jaló una palanca que hizo que la esfera tomara gran velocidad y durante la fuga vieron cómo otro insecto de mayor tamaño le llegaba por un costado al que los perseguía y de un mordisco lo engullo llevándoselo por la inercia del movimiento, salvándolos de su perseguidor, Ellos, cuando vieron el tamaño de ese otro insecto se estremecieron a tal grado que comenzaron a temblar, recorriéndoles un escalofrió por todo el cuerpo, que los obligó a quedarse boquiabiertos y en silencio.

Pasado el peligro, continuaron navegando sin problema alguno y sin decir nada, antes de llegar a la pared escarpada del desierto, sumergida en el océano, notaron que varias esferas giratorias custodiaban el área, una de Ellas al notar su presencia, de inmediato se les abalanzó a gran velocidad, TK, al ver como se aproximaba de frente a ellos sin dudar, recargó de nueva cuenta las Macuas, y durante la recarga se le atoró una carrillera, pero sin importarle comenzó a disparar una con gran furia, dándole un arponazo directamente a la esfera en su mecanismo giratorio, provocando que se detuviera instantáneamente haciendo que los ocupantes rompieran la ventanilla por la inercia del paro en seco y salieran proyectados fuera de la esfera, las otras esferas al ver lo que sucedía, al instante se dirigieron a ellos disparándoles en repetidas ocasiones, pero Quetz, con gran agilidad y destreza esquivaba los arpones y TK, les contestaba los disparos asestándoles los arpones en los mecanismos giratorios y en las ventanillas logrando repelerlas, hasta el grado de inhabilitarlas, haciendo que unas se salieran de control y se impactaran en el fondo del océano y otras que se quedaran inundadas con los cuerpos de sus tripulantes, que comenzaban a flotar ya sin vida afuera de Ellas.

Después del peligroso ataque, Quetz bajó la velocidad de la esfera y relajándose un poco, volteo a ver a TK para avisarle que ya estaban próximos a llegar, que ya faltaba poco, asintiendo con la cabeza, TK, se dispuso a despertar a la vigilante, que aún venía inconsciente.

Al emerger la esfera del océano, se quedaron un rato adentro de Ella descansando y a la vez explorando a través de la ventanilla el terreno del desierto que se encontraba vacío y en silencio, al notar que todo estaba en orden decidieron salir, TK, con voz dura le ordeno a la vigilante que se apresurara a salir porque ya habían llegado, movimiento que la vigilante sin cuestionar realizó y como pudo salió de la esfera, ya en terreno firme, cuantificaron los arpones y suministros de los cuales les quedaban muy pocos, tan pocos, que incluso pensaron que los arpones no les alcanzarían para repeler un ataque de menor magnitud, sin importar, planearon el recorrido y decidieron cargar con todo lo que les quedaba, Quetz, le ordenó a

TK que desamarrara a la vigilante, ya que a estas alturas no había necesidad de tenerla amarrada y le dijo que al pasar la duna enorme estarían en el campamento, él, obedeció y la desató, dándole unas píldoras y bebidas para refrescarse. Ella, frotándose las muñecas por las ataduras y al tomar las píldoras y bebidas les preguntó que cuáles eran los propósitos que traían en mente, Quetz, le respondió que al llegar al campamento se daría cuenta de la verdad, y los tres emprendieron la marcha en dirección al campamento de los desterrados.

Seguían caminando con paso firme sin descansar, la luz que llevaban apenas les iluminaba pocos metros del entorno y el resplandor del islote les llegaba muy, pero muy tenue, Quetz, de repente hizo que se detuvieran, y el movimiento brusco de parar, hizo que TK, chocara con su brazo, él, en tono molesto le preguntó, que porque paraban y Quetz, con una seña de guardar silencio, le indicó que pusiera atención al sonido que emitía el piso y del movimiento que hacía enfrente de ellos, la vigilante, al ver el movimiento lanzó un grito aterrador, diciéndoles que eran cientos de Chicls, que los iban a devorar, TK, la agarró de los brazos y con voz suave la tranquilizó diciéndole que no había problema, que todavía se encontraban un poco retirados de ellos, después se ajustó la Macua en el brazo, y comenzó a disparar sin detenimiento, disparos que paraban algunos de los Chicls, pero de nada servía porque eran demasiados, entonces, Quetz dirigió la luz en varias direcciones buscando una salida y vio un camino despejado que rodeaba la aglomeración de Chicls, de inmediato les pidió que corrieran en dirección a ese camino, y así lo hicieron, corrieron tanto que incluso no voltearon ni siquiera para cerciorarse si los Chicls los seguían, al pasar la duna, Quetz, con la mano les avisó que ya habían llegado, que vieran las tres luces clavadas al suelo, pero TK, le manifestó que la vigilante ya no estaba con ellos, comenzaron a buscarla y a corta distancia distinguieron el instante en que un Chicls, la envolvía con su cuerpo poco a poco y por el sonido que emitía denotaba que la comenzaba a devorar y en cuestión de segundos, la devoró por completo dejando en el suelo únicamente los residuos de su porta cosas.

Yaru y Cuvor, recibieron a TK y a Quetz, en la entrada del campamento de los desterrados, después de ofrecerles alimentos y bebidas se los llevaron a la habitación de reuniones, al entrar a la habitación, Yaru cerró la puerta y tomaron asiento en las sillas que estaban alrededor de una mesa redonda hecha de barro, Yaru, comenzó a preguntarles los pormenores del viaje y por qué estaban ahí, Quetz, sin apuro le narró los peligros que tuvieron que surcar para llegar hasta ahí sanos y salvos, también, los planes de la guerra llamada Ayao, que Javcomp, en conjunto con Aksui y Navi piensa organizar, para deshacerse de los inconformes, además del plan de Aksui, de hacer pasar como desterrados a algunos vigilantes de confianza para dirigirse al desierto y encontrar a los culpables de las desapariciones, Yaru, tocándose el mentón, le preguntó que como se enteró del plan de Javcomp y del de Aksui, en ese instante interviniendo TK, le explicó que él los escuchó en la cueva, incluso de la intención de Javcomp, de mandar al destierro de la muerte a Quetz, por oponerse a cooperar con él como espía, también de los objetos que vio que cada líder traía bajo el brazo, describiendo que eran unos cuadros que contenían muchas hojas, como las alas de los Yuyus, en ese momento, interrumpió Cuvor, levantándose de la mesa y dirigiéndose a los tres, les dijo que con lo que acababa de escuchar respecto de los cuadros con hojas, se corrobora la existencia del libro guía y que dejaba de ser un mito su inexistencia, Yaru, sorprendida cuestiono a TK, que si estaba seguro de lo que vio, él, con voz de emoción le contesto que sí, que eran tres cuadros con muchas hojas, entonces, Ella, respondió dirigiéndose a ellos, que ese era momento preciso para planear la invasión a los túneles, a la gran piedra y al cactus, intercedió Quetz, explicando que era muy prematuro y sumamente peligroso, ya que, primero tenían que saber bien el plan de la Ayao, y al saberla bien, después organizar la estrategia que les sirva para aprovechar la Ayao a su favor, para realizar el tan deseado ataque, Cuvor y Yaru, se miraron entre sí, y Cuvor se le acercó a Yaru y al oído le dijo algunas palabras que TK y Quetz no lograron escuchar, Ella, únicamente asentía con la cabeza, después, voltearon los dos a ver a Quetz y le respondieron que él tenía razón, además de ser muy prematuro, necesitaban más desterrados porque únicamente contaban con un mediano grupo de ranas, así como armas y alimentos, bien, externo Quetz, Yaru, se dirigió a TK, dándole la orden de investigar todo en relación de la

Ayao, además, del paradero de las tres partes del libro, después, se dirigió a Cuvor, diciéndole que de los desterrados tendrá más cuando TK, les traiga la información de la Ayao, pero que en estos momentos deben aprovechar que cayó el islote muy cerca a los dominios de Javcomp, mandando a un grupo de ranas que sean Tatums, a través del desierto para sustraer de las plataformas Yuyus, Azcapots y Nillas, además, de tomar prisioneros, Cuvor, de inmediato sin decir más palabras salió de la habitación a organizar la expedición, mientras TK y Quetz, seguían callados muy atentos escuchando la planificación de Yaru.

Al terminar la reunión, con mucha satisfacción salieron de la habitación y Cuvor, no desaprovechó el tiempo y acercándose a TK, le pidió que se llevara a Gacer, para que lo apoye en todo lo que sea necesario, y sea él quien regrese a traerles toda la información de la Ayao.

—¿Y Quetz? —le preguntó él.

—Quetz se quedará aquí con nosotros.

—Bien —contestó TK.

Después de decirle eso a TK, Cuvor, volteó a ver a Yaru, para informarle que el grupo que mandaron, llegó a las plataformas sin ningún problema y Ella, únicamente mostró su beneplácito asintiendo con la cabeza, Quetz, todavía un poco cansado se le acercó a TK, y le dijo que en el Tlatelolt cinco se encuentra el truekes Netz, que lo busque y le mencione su nombre, ya que él está de parte de ellos y le pida que traiga de regreso a Gacer, TK, únicamente le respondió con un sí.

Durante el regreso a la esfera, el grupo de ranas que escoltaba a TK y a Gacer, a lo lejos se percataron que la esfera estaba siendo inspeccionada por tres Tatums, en ese instante, TK asiendo la seña de silencio les indicó que se escondieran en una pequeña duna que estaba a un costado de ellos y desde ahí, él, tomó la Macua especial y de dos tiros que disparó, los arpones pegaron directamente en el pecho de los tres, que hicieron que cayeran boca abajo a la orilla de la esfera y TK, todavía con la Macua lista cargando entre sus brazos, les dijo a los escoltas que corrieran hacia la esfera y verificaran si seguían aún con vida esos tres Tatums, al llegar a la esfera, comenzaron a revisar los cuerpos y al momento de retirarlos, el encargado de los escoltas se percató que uno aún hacía movimientos de estar vivo y le ordenó al escolta que estaba a su lado que le quitara la vida.

TK, comenzó a preparar la esfera y al terminar, le ordenó a Gacer que subiera y con ademanes, los dos les agradecieron a los escoltas y se despidieron y ellos al contestar el agradecimiento con un saludo de adiós, se sumergieron de regreso al océano y durante la travesía vieron en el fondo los restos de las esferas que los habían atacado a él y a Quetz, así como los cuerpos de sus tripulantes, todavía flotando boca abajo por encima de ellos, TK, muy relajado y pensativo seguía navegando tranquilamente, observando por la ventanilla, mientras Gacer, sin pronunciar palabra alguna, iba atento mirando por los retrovisores, hasta que, enfrente de ellos, se advertía muy próximo el islote que había caído, TK, al verlo, le ordeno a Gacer que tomara el control de las Macuas por si acaso, mientras él, movía los controles de mando y bajando la velocidad apagó las luces, dirigiendo la esfera al fondo del océano, guiándose únicamente con el resplandor de los árboles del islote, que alcanzaban a iluminar un poco el fondo, siguieron navegando cuidadosamente y con gran lentitud pasaron por debajo del islote, viendo como las líneas carnudas de los árboles llevaban enredadas a sus presas, insectos alimentándose de otros insectos y Axopts siendo devorados, con gran angustia y emoción en sus gargantas, pasaron por completo el islote sin ser detectados.

Al dejar el islote muy atrás, TK, con el codo le dio un pequeño golpe a Gacer, avisándole con una sonrisa la proximidad de una de las plataformas de la sección cuatro, ordenándole que se pintará el cuerpo con la pintura roja, que estaba en el compartimento de la parte trasera, al instante, él, se pasó a la parte trasera y de un compartimento pequeño sacó dicha pintura. Al llegar a la plataforma, TK, bajó su cabeza al fondo del océano y fijo la mirada a través de la ventanilla, en dirección a las cúpulas de los salones de vigilancia, al notar que se encontraban vacías, decidió emerger y comenzó a explorar los alrededores, volteando a ver a Gacer, le preguntó si ya estaba listo, con un ademán le contestó que sí y al salir los dos de la esfera, se percataron que el panorama pintaba en silencio y solitario, preguntándose qué habría pasado, se dirigieron a la torre y con mucha precaución bajaron por las escaleras, hasta llegar al pasillo de túneles, que al igual se encontraba vacío, Gacer, volteó a ver a TK y él, desconcertado, le dijo que se apresuraran a llegar a su habitación. En la habitación, TK, le pidió que se quedara ahí, y que por nada abriera la puerta, mientras iba a investigar qué es lo que estaba sucediendo, con mucha impaciencia se dirigió al Tlatelolt de la sección cinco, al entrar, notó que había una gran multitud de ranas, pero él disimuladamente, comenzó a preguntar qué era lo que estaba sucediendo, el sublíder de la sección cinco, al verlo, se acercó a él y con cara de enojo y voz dura le preguntó que a donde se había metido durante el ataque del islote, él, un poco nervioso, le respondió que estaba profundamente dormido y que al escuchar los gritos y el sonido de los Nastliz, se despertó, el sublíder con cara de duda y tocándose el mentón, y haciendo hum, le dijo que era raro, porque los Nastliz dejaron de sonar ya hacia un buen rato, pero bueno, estaba bien, agregando que lo que sucedió fue que las líneas carnudas de los árboles y los insectos del islote que cayó, los atacaron de una manera atroz, que incluso algunas líneas e insectos entraron a los túneles llevándose recolectores, vigilantes de algunas secciones y una gran cantidad de Yuyus, Azcapotz y Nillas, de las plataformas, además, de causar muchos destrozos, destrozos que no se habían visto antes y ante tal emergencia decidieron resguardarse en el Tlatelolt de esa sección, por ser el más seguro, pero afortunadamente el islote ya desapareció, TK, sin hacer más preguntas le agradeció por la información, y siguió caminando sigilosamente entre la multitud, y al ver en el balcón a Javcomp, que comenzaba a dar un discurso, de inmediato se dirigió hacia él y se detuvo a corta distancia a escuchar con mucha atención, lo que Javcomp decía en el discurso, se alegró tanto al oír que los Tatums, robaron varios Yuyus, Azcapotz, Nillas y huevecillos, incluso que les quitaron la vida a las vigilantes de las secciones ocho, siete, seis, y se llevaron a varios recolectores, por lo tanto, esas acciones beligerantes eran una provocación y que después de planear la estrategia con los sublíderes de cada sección, reuniría a toda la población de ranas, para darles los pormenores de la guerra que llamará Ayao, que en estos momentos le acababa de declarar a los Tatums, Javcomp, guardo unos segundos de silencio y le dio un sorbo a su bebida, instante en que alcanzó a ver a TK y dirigiéndole una mirada amedrentadora y provocadora, le dio a saber que ya estaba enterado de sus salidas y después volteo nuevamente hacia la multitud de ranas para continuar el discurso, TK, se estremeció al sentir la mirada y pensó de inmediato que Javcomp ya lo había descubierto y decidió en ese instante abandonar el Tlatelolt, retirándose con gran nerviosismo y temor a su habitación.

Mientras tanto, en la habitación de reuniones del campamento de los desterrados, Yaru, Cuvor y Tona, planificaban la captura de los vigilantes, que Aksui, simulando ser desterrados mandará al desierto, Tona, desenrolló el Códice del mapa del desierto y lo colocó sobre la mesa y Yaru, comenzó a señalarles los puntos del camino que recorrerían y las dos dunas de los costados del sendero por donde pasarían los vigilantes de Aksui, Cuvor, interviniendo le externó, que para esa misión tenían que llevar como mínimo dos grupos de ranas, ya que es una buena cantidad de vigilantes, y aprovecho para sugerirle, que esos grupos fueran comandados por Tona, Yaru, volteó a ver a Tona, y le preguntó su opinión respecto a la sugerencia de Cuvor, Ella, respondió que era un privilegio comandar esa misión, que de inmediato haría los preparativos y a seleccionar a las ranas que la acompañarían, Cuvor interrumpió, externándole, que de eso no se preocupará, que un grupo ya está preparado, que son ranas que siempre están listas para este tipo de misiones y a las que mandaron a las plataformas, al regresar les ordenará que se integren, en ese instante tocaron a la puerta y Cuvor al abrir, una rana se le acercó a darle la noticia del regresó de dicho grupo y la cuantificación de lo que trajeron con ellos, Cuvor, sin demora la pasó a la habitación, ordenándole que le diera la cuantificación a Yaru, la rana con gran felicidad le dijo a Ella, que habían logrado traer una buena cantidad de Yuyus, Azcapotz, Nillas, también de huevecillos y de prisioneros, pero después agacho la cabeza y con tristeza le externó, que durante la acción tuvieron tres bajas, porque dos insectos del islote, andaban merodeando y alcanzaron a llevárselos, Ella, le contestó que eran buenas noticias, y respecto de las bajas, externó con tristeza, lo bueno que solo fueron tres y lo malo es que hayan muerto, después de esa información, Yaru, le ordenó a la rana que acompañará a

Cuvor y a Tona para recibir instrucciones de la nueva misión, sin más detenimientos, la rana, se retiró de la habitación junto con ellos, Cuvor, se dirigió a buscar al encargado del grupo de ranas de reserva, para que se reunieran con ellos y junto con el otro grupo se congregaron en medio del salón formando un círculo, Tona, entró al centro y extendió el mapa del desierto en el piso, y junto con Cuvor, comenzaron a explicar la estrategia para la misión.

TK, llegó apresurado a su habitación y con respiración agitada, tocó desesperadamente a la puerta y Gacer, al abrirle le preguntó, qué, por qué vienes con esa cara de pasmo, él, le contestó que ya no había tiempo, que en ese momento se tenían que apresurar a llegar a la última habitación de la sección ocho, porque al parecer Javcomp se reuniría con los otros líderes, además, que él, cree que Javcomp ya se enteró de todo, por la forma en que lo miró durante el discurso, como insinuándole que lo descubrió, pero se le hacía raro qué aún no lo ha capturado, Gacer, de inmediato y con gran incógnita le dijo que entonces se apresuraran, TK, volteo, dándole la espalda y comenzó a guardar en su porta cosas, arpones, capsulas de alimento y bebidas energizantes, se asomó afuera de su habitación para verificar que nadie los viera y ajustándose la Macua en el brazo, le hizo una seña a Gacer, dándole a entender que se apurara, Gacer le obedeció, y salieron de inmediato en dirección a la última habitación de la sección ocho y corriendo con gran nerviosismo llegaron a la habitación, pero TK, se aterró, al darse cuenta que no traía el gancho que usa para abrir la puerta, volteo a ver a Gacer, y le preguntó, que a hora que iban hacer, usemos un arpón, le refirió él, sacaron el arpón y lo introdujeron dentro de la rendija, pero al hacer palanca para abrir la puerta, el arpón se rompió por la mitad, volvieron a introducir otro, pero a hora con mucho cuidado volvieron hacer palanca, y la puerta comenzaba abrirse, pero el arpón de nueva cuenta se volvió a romper, TK y Gacer, comenzaban a ponerse muy nerviosos y la adrenalina la tenían a todo lo que daba, ya que a lo lejos se empezaban a escuchar, sobre el pasillo de esa sección, voces de ranas que regresaban del Tlatelolt, cuando de repente, en el momento exacto, en que empezaban a transitar por el pasillo, lograron abrir la puerta en toda su extensión y al entrar por la desesperación los dos cayeron de bruces contra el suelo, TK, se levantó al instante y empujo el cuadro de la pared, volteo a Gacer y le pidió que se apresurara a cerrar la puerta, afortunadamente, Gacer, la alcanzó a cerrar en el momento exacto en que Javcomp, iba en dirección a esa habitación, después, TK, abrió el pasadizo secreto y lograron entrar al pasillo salvándose de ser vistos, en el momento preciso en que Javcomp, comenzaba abrir la puerta de la habitación y ya adentro, siguieron con cuidado el pasillo, viendo a lo lejos a dos vigilantes conversando entre ellos muy relajados, pero eso no los detuvo y siguieron el camino, escondiéndose entre los contenedores de capsulas de alimentos, desplazándose poco a poco hasta la perforadora abandonada y al llegar a Ella, se acurrucaron en una esquina, pero Gacer, se acurrucó tanto que sintió que algo le chocó en la espalda y al voltear a ver que era, impresionado notó el esqueleto de una rana, e iba a lanzar un grito de espantó, pero TK, rápidamente le tapó la boca y le hizo la seña de guardar silencio y así lo hizo, TK, al ver que se tranquilizó le quitó la mano de la boca y le dijo con voz muy baja, que ese esqueleto era de Tiu, ¿el que salvó a Yaru del destierro de la muerte?, le preguntó Gacer, y él, sin más palabras, le contestó asintiendo con la cabeza, posterior a eso, los dos se acomodaron y muy atentos comenzaron a observar, notando como Javcomp entraba a la cueva con la parte del libro guía bajo el brazo, y un sequito de cuatro sublíderes, mirando dudosamente todo alrededor, se paró en donde se encontraban los dos vigilantes platicando y con voz agresiva les ordenó que se apresuraran a esconder a los esclavos que estaban en el salón, ya que tendría una reunión con los líderes de los Tatums y Yatums, los vigilantes obedecieron y al momento se fueron al salón a encerrar a los esclavos, Javcomp, se quedó un instante ahí explorando el área con los sublíderes, al terminar, se dirigió a ellos preguntándoles que si no se dieron cuenta, que la puerta de la habitación estaba un poco abierta, que eso era muy raro, ellos, se le quedaron viendo con sorpresa y le contestaron que no, que vieron todo normal, pero él, todavía con duda se quedó unos segundos más examinando los alrededores de la cueva, mientras los sublíderes se adelantaban al salón, cuando un vigilante les avisó que los esclavos ya estaban encerrados, TK y Gacer, bien escondidos seguían observando sin parpadear, con la adrenalina a todo lo que da, y sintiendo el ambiente húmedo de la cueva, cuando de repente, se espantaron tanto, que hasta brincaron hacia atrás, al escuchar a lo lejos un fuerte estallido y el sonido de los Nastliz que comenzaban a tocar la alarma de emergencia, alarma que avisaba que otro islote acababa de caer, TK, y Gacer, se reincorporaron de la caída y siguieron sin hacer movimiento alguno apretando la boca de los nervios, observando, pero a hora con una verdadera y terrible angustia, al despejarse el camino al salón, TK, le hizo la seña a Gacer de llegar hasta la entrada, y al llegar, se apostaron en la orilla y vieron de reojo a Javcomp, junto con los sublíderes, como estaban parados frente a los dos túneles, de repente, del túnel iluminado por las luces verdes, comenzó a salir Aksui, con la parte del libro guía bajo el brazo y un sequito de tres sublíderes, que se notaban por la insignia que traían en el pecho y del otro túnel iluminado de azul, Navi, igual con una parte de ese libro bajo el brazo y un sequito de tres sublíderes, TK, aprovechó esa oportunidad para que junto con Gacer se introdujeran al salón, pero Gacer no hizo caso, porque al ver las partes de los libros se quedó boqui abierto, pero TK, con un empujón lo pegó a la pared, y a regaños gesticulares se lo llevó hasta los contenedores, que estaban formados hasta un rincón del salón, pegados a la pared, ahí, TK con ademanes le advirtió que no se volviera a descuidar, porque puede poner en peligro la misión, después de eso, se ocultaron meticulosamente entre los contenedores.

Aksui y Navi, se acercaron con una sonrisa a Javcomp y con un saludo amistoso, él, les indicó que tomaran sus asientos y a sus sublíderes, que se sentaran detrás de ellos, se acomodaron alrededor de la mesa y en Ella, descansaron las tres partes del libro guía que traían, Aksui, sin mayor demora hizo el protocolo de inicio de reunión, pero a hora, el que comenzó hablar fue Javcomp, agradeciendo y felicitando a Navi por los acontecimientos del robo, secuestro y asesinato que hicieron los Tatums, al escuchar Navi, lo que externaba Javcomp, con cara de sorpresa le interrumpió aclarándole que él, en ningún momento mandó ranas a robar, ni a secuestrar y mucho menos a quitarle la vida a otras, que se dejara de bromas, Javcomp, dando un golpe en la mesa, se paró de inmediato con el ceño fruncido de su asiento, refutándole que no estaba bromeando, que mejor le dijera realmente porque un grupo de ranas de su raza se atrevió a hacer esas fechorías, Navi, con tono nervioso y exaltado, le reiteró que era verdad, que él nunca mandaría sin previo consentimiento a un grupo de ranas a hacer lo que él dice, si no fue él, preguntó volteando a ver a los dos, "entonces quién de los dos fue", Aksui, con cara de sorpresa le respondió que Ella desconocía esos hechos, que le aclarara que pasó, porque apenas se estaba enterando, que lo único que sabía de esa reunión, era únicamente para organizar lo de la Ayao, que mejor explicara qué es lo que está pasando, porque aparte, la premura de esa reunión la había desconcertado, Navi, seguía confuso y pensativo, mirando fijamente a la mesa, moviendo su cabeza en forma de negación sin pronunciar palabra alguna, Javcomp, también, se quedó un momento pensativo e ignorando lo que acababa de decir Aksui, volvió a preguntarle a Navi, que si él no había sido, entonces quienes habrían sido, Navi, seguía pensativo y al salir del trance le respondió nuevamente con voz entre cortada y temblorosa que él no lo hizo, pero que pensándolo bien a hora se le hacía muy rara esa situación, ya que las esferas que custodiaban el lado del océano en donde se encuentra la pared escarpada, hasta ese momento no se sabía nada de Ellas, ni tampoco de los vigilantes que había mandado a buscarlas, Aksui, intercedió preguntándole a Javcomp por Quetz, y él volteó a verla con una mirada de enojo, le respondió que hasta el momento no lo han localizado y la última vez que lo vieron fue con TK, entonces, él ha de saber algo respecto del ataque que comentas, le reviró Aksui, y a donde está ese TK, interrumpió Navi, preguntando a Javcomp, y él, volteando a verlo, le contestó que lo vio llegando tarde a su discurso, están pasando cosas muy extrañas, interpeló Aksui, recomendándoles que ese asunto lo dejaran para el final de la reunión, porque también, acababa de caer un islote y están perdiendo el tiempo con ese asunto, Javcomp, seguía reflexivo y le dijo a Aksui que tenía razón, que eso lo verían al final de la reunión.

Javcomp, procedió a extender sobre la mesa al igual un Códice del mapa del desierto, en donde también se detallaba la ubicación de las torres y las plataformas, comenzó a decirle a Navi, que como ya avisó a toda la población de ranas, la declaratoria de guerra en contra de ellos, entonces deben planear la estrategia de la Ayao, señalándole los puntos estratégicos, preguntándole la cantidad de ranas que va a mandar, entonces Navi, mirando fijamente el mapa, le respondió, que ya tiene todo listo, tanto a las ranas inconformes y rijosas, que van a ser las que va a mandar a la Ayao, como a las que va a mandar después de la Ayao a rematar a las que logren sobrevivir, que son de su más entera confianza.

Mientras tanto, TK y Gacer, los miraban con mucha atención, escuchando lo que decían, Gacer, con gran premura sacó de su porta cosas un pedazo de corteza de espina, y comenzó a hacer el códice de esa información, mientras TK, seguía observando, con la Macua ajustada a su brazo y lista, por si se presentaba algún peligro.

Aksui, intercedió preguntándole a Javcomp, que cuál iba a ser su participación en la Ayao, entonces él, con la mano le señaló que esperara, respondiéndole que no se precipitara, apenas termine de organizar con Navi, la primera Ayao, a Ella le daría instrucciones al final, Javcomp, procedió a señalarle a Navi en el mapa, la ruta que el grupo va a tomar para llegar al cactus, con el pretexto de responder al ataque perpetrado, pero Navi, reflexivo le pidió que la Ayao no fuera en el cactus, que mejor se desenvolviera en el fondo del desierto, porque, le preguntó él, es simple, como iba a mandar a los inconformes a repeler el ataque, y después mandar a los que rematarían a los sobrevivientes, qué tal si ganan los inconformes, o su grupo, eso sería difícil y los metería en problemas si la Ayao se realiza en las inmediaciones del gran cactus, tiene sentido, le dijo Javcomp, entonces mandaré al grupo al fondo del desierto, con el pretexto de arremeter a los que los atacaron, ya que ahí se escondieron junto con el botín del robo, excelente y frotándose las manos Navi le externó que eso le facilitaría mover a los inconformes con el pretexto de encontrar a las ranas culpables de las desapariciones y al terminar la Ayao, si ganan o pierden mandar al grupo, con el pretexto de buscar a unos traidores, que acaban de irse al fondo del desierto, culpables de la desaparición de las esferas y de los vigilantes, para rematar a los heridos, así como a las que quedaron con vida, Gacer, no paraba de hacer el códice de todo lo que estaba escuchando, y así, los líderes siguieron con el plan.

Al terminar la planificación de la Ayao, Aksui, le preguntó nuevamente a Javcomp, que como participaría, él le contesto, que simplemente se enfocara al plan de mandar a los vigilantes que se harán pasar por desterrados al fondo del desierto, con la instrucción de al ver la Ayao, intervenir directamente, porque esos son los culpables de las desapariciones, y al ser atacados sus vigilantes, le servirá de pretexto para declarar la guerra, a las dos razas, Aksui asintió con una sonrisa macabra y se frotó las manos en señal de felicidad y de aceptación del plan, que Javcomp, le acababa de plantear, pero que van a hacer con todos los desaparecidos, el robo, los secuestro y asesinatos, preguntando Navi intervino, Aksui comenzó a lanzar una carcajada de alegría por el plan y le dijo a Javcomp, que Navi tenía razón, que iban a hacer ante esa situación, aprovechando para preguntar nuevamente por Quetz y TK, él, mirándolos a los dos, les refirió que a TK, lo dispondría al frente del grupo, para que sea el primero en morir, y de Quetz, mandaría a un grupo de su confianza a buscarlo en todos los Tlatelolts, túneles y plataformas, que a lo mejor seguía escondido en algún lugar de esos, al terminar, se dirigió a Navi, diciéndole que de los desaparecidos, era mejor darlos por muertos, que de nada serviría gastar recursos en buscarlos, si no han aparecido, eso indicaba que ya estaban en el puro esqueleto, Aksui al escuchar eso, de inmediato soltó una fuerte carcajada burlona, que hasta se puso las manos en el abdomen y de los ojos le salieron lágrimas, Javcomp volteó molesto y le pidió que no interrumpiera, que lo dejara terminar, y siguió diciéndole a Navi, que el plan de la Ayao se estaba cumpliendo a la perfección y con su realización se consumarían los sueños de ellos, de por fin terminar con las ranas rijosas e inconformes.

Después de concluir con los planes y de larga charla, Aksui y Navi se levantaron de la mesa y despidiéndose de Javcomp, les ordenaron a los sublíderes que los acompañaban, que ya era momento de retirarse, entraron cada quien a sus respectivos túneles y Javcomp, al despedirlos, volteó a ordenarles a los vigilantes que sacaran de nuevo a los esclavos para que siguieran trabajando, mientras él, iba a ver que estaba sucediendo con el islote que acababa de caer, TK y Gacer, seguían escondidos, observando todo sin hacer el menor ruido, TK, volteo a ver a Gacer y le señaló como un vigilante jalaba una palanca y se habría una puerta de un gran cuarto, de donde comenzaban a salir los esclavos, formados en línea con los collares interconectados entre ellos, Gacer, al verlos como caminaban con pesadez y a otros como cojeaban, con un nudo en la garganta se le comenzaban a poner los ojos llorosos, al observar lo grotesco que se veía esa fila de esclavos de Tatums y Yatums, e iba a hacer una reacción de protesta, pero TK, lo contuvo y calmando sus ánimos, le señaló guardar silencio, y él, de la impotencia de no poder hacer algo, comenzó a llorar en silencio, con los puños apretados con fuerza y sin hacer el menor esfuerzo por rescatarlos, vieron como algunos esclavos comenzaban a mover los contenedores y a otros, como los sentaban violentamente a empujones para comenzar la elaboración de cápsulas de alimento, que algunos cayeron boca abajo, soltando el grito de dolor por el golpe que se dieron en su cara, dos esclavos que movían los contenedores, se sorprendieron al percatarse de la presencia de TK y Gacer, pero a uno de ellos, Gacer lo reconoció y sin mayor problema, le pidió con una seña que no los delatara, el esclavo con una sonrisa de alivio asintió con la cabeza y sin dificultades, ellos, lograron salir del salón de vuelta a la cueva, volviéndose a esconder en la perforadora abandonada, esperando que los vigilantes del pasillo se descuidaran o se fueran, al ver que a los vigilantes los requerían dentro del salón, aprovecharon para huir corriendo por el pasillo a la habitación, TK, al abrir la puerta, asomó su cabeza para verificar que nadie los observará y al ver el pasillo de los túneles un poco solitario por el caos que desencadenó el islote, volteo a Gacer y le avisó con una seña que ya podían salir, durante el trayecto a la habitación de TK, vieron en el pasillo a muchas ranas corriendo de un lado a otro y a otras gritando que un insecto del islote se encontraba aún dentro de los túneles y que las líneas carnudas de los árboles se llevaron a varios recolectores y vigilantes, Gacer y TK, al ver toda la problemática y caos, se fueron corriendo, al estar adentro de la habitación sanos y salvos, TK le sugirió a Gacer que descansaran un poco, porque ya estaba amaneciendo.

Al despertar TK, se acercó a Gacer que todavía dormía, y con leves empujones, lo despertó, Gacer, un poco somnoliento, le preguntó qué ocurre, y TK, le respondió que por nada abriera la puerta, mientras iba a la asignación de sus labores, para no seguir despertando más sospechas, al salir TK, de la habitación para dirigirse a la sección cuatro, Gacer se levantó y con mucho cuidado atrancó la puerta con el guarda costas, TK, al llegar a la sección cuatro, se dirigió hasta donde se encontraba el sublíder y le preguntó que ya estaba listo para iniciar su jornada, el sublíder, volteo contestándole que no había labores, ya que seguían las reparaciones de los desperfectos que dejó el ataque del islote, además de que están esperando la orden de dirigirse al Tlatelolt de la sección cinco, porque Javcomp, no tardaría en dar un discurso respecto de la Ayao, que ya les declaró a los Tatums, recomendándole que mejor se regresara a su habitación a esperar el llamado, TK, ya no dijo nada y regresó un poco alterado por lo que acababa de escuchar del sublider, durante el trayecto a su habitación, le llegó a la mente el recuerdo de Inda, e iba pensando ¿qué sería en estos momentos si Ella no hubiera muerto?, en ese instante se comenzaron a escuchar los Nastliz, tocando el aviso de reunión y al escucharlos, apresuró el paso, pero a hora con los nervios de punta, al llegar, comenzó a tocar a la puerta con desesperación, al abrir Gacer, entrando le preguntó qué porque traía esa cara de pasmo y él, le contesto yéndose hacia su porta cosas, a sacar Macuas, arpones y bebidas energizantes, que los Nastliz estaban avisando la concentración de ranas en el Tlatelolt cinco, para escuchar el discurso de Javcomp, va a dar respecto de la Ayao, Gacer se alteró y nervioso le preguntó que si ya se iban al desierto, le respondió que no, que si era por las cosas que acababa de sacar, no, esas cosas las va a usar para dárselas a Netz, el truekero que le recomendó Quetz, para que sea él quien lo lleve de regreso al campamento de los desterrados, sin más aclaraciones salió apresurado de la habitación para dirigirse al Tlatelolt, no sin antes prevenir a Gacer de no abrir la puerta.

Al llegar al Tlatelolt, notó que ya había una buena aglomeración de ranas, y comenzando la búsqueda de Netz, les pregunto a otros truekes, que si lo habían visto, hasta que uno le contestó que estaba intercambiando algunas cosas, indicándole con la mano que se encontraba hasta el fondo del Tlatelolt, TK, sin más detenimiento se dirigió hasta donde él, al llegar de lejos, con un ademán lo solicitó y Netz al verlo les dijo a las ranas con las que estaba, que lo esperaran unos momentos, porque lo solicitaban, atendió el llamado y se saludaron amistosamente, TK, sin empacho le explicó que su amigo Quetz le dijo que lo buscará para pedirle el favor de llevar a un Tatums, de nombre Gacer, al campamento de los desterrados, Netz, de inmediato soltó una carcajada, preguntándole que a donde se encontraba esa rana apestosa, porque hacía mucho tiempo que no lo veía ahí intercambiando su basura, le respondió que en el campamento, Netz, con cara de asombro le pregunto que si estaba bien Quetz, y respondiéndole que bien, le volvió a preguntar acerca del favor, Netz se quedó un momento pensativo rascándose la cabeza, le preguntó que a cambio de que va a llevar a ese tal Gacer, TK, le comenzó a dar las Macuas, los arpones, las cápsulas y las bebidas energizantes que había sacado de su guarda cosas, externándole que esperaba que con eso fuera suficiente, momento en que los Nastliz dejaron de tocar, Netz todavía pensativo apresurado regresó al lugar en donde se encontraban las ranas esperándolo, diciéndole a TK, que en la noche fueran a la torre de la sección ocho, que no van a tener ningún problema, porque la vigilante de esa torre, ya va a estar enterada para que los deje pasar y sin más palabras Netz se despidió de él, el Tlatelolt se puso en un silencio total, nada más se escuchaban algunas murmuraciones, cuando del balcón, emergió Javcomp, acompañado de los sublíderes que estuvieron con él en la reunión de la cueva, de inmediato, él, levanto sus brazos y haciendo un ademán de que pusieran atención, comenzó a dar su discurso, explicando que la Ayao ya está planeada, que va a mandar un grupo grande de ranas, al fondo del desierto a atacar a los agresores, que robaron, secuestraron y asesinaron, ya que le informaron que esas ranas ahí se refugiaron con el botín, porque Navi el líder de los Tatums, al pedirle una explicación, le comentó que él nunca mandó a atacarlos y esa ranas lo hicieron en venganza y traición para provocar un altercado con ellos, Javcomp hizo una pausa y le dio un sorbo a su bebida y continuó diciendo que después de ir por esas ranas al fondo del desierto, se dirigirían al cactus para atacar a toda la población y traer como prisionero a Navi, TK, se sorprendió al oír el ataque al cactus, porque recordó que en la cueva únicamente acordaron que la Ayao se desarrollaría en el fondo del desierto, y de inmediato pensó que Javcomp estaba traicionando a Navi, pero se impresionó cuando,

Javcomp, llegó a la parte de la selección del grupo., Javcomp volteo a ver a uno de los sublíderes y le pidió mencionar los nombres, después de una buena cantidad de seleccionados, al final mencionó a TK, indicando que será el encargado, TK, al escuchar eso, se angustió tanto que su corazón empezó a palpitar sin freno, recorriéndole por todo el cuerpo una angustia espantosa, después, Javcomp, ordenó que el grupo seleccionado se quedara en el Tlatelolt para recibir las instrucciones y a las demás que se regresará a realizar con normalidad sus labores y esas ranas comenzaron abandonar el Tlatelolt con caras de felicidad y alegría, por no haber sido elegidas, mientras las elegidas se veían unas a otras con desconcierto y tristeza, una de ellas se acercó a TK y le dijo muy triste, que no quería morir, que porque no mejor mandaban a los vigilantes y sublíderes, TK, mirándola fijamente, le respondió que no se preocupara que no iba a morir, ya que todo va a salir bien.

Mientras, en el fondo de la gran piedra, Aksui, les decía a sus súbditos que ya encontraron a las ranas culpables de las desapariciones y que en esos momentos van a seleccionar al contingente que irá al fondo del desierto a encontrarlas y darles muerte, mientras Navi, sin reunir a sus súbditos, les ordenaba a sus sublíderes de mayor confianza que seleccionará al grupo de ranas que van a ir al fondo del desierto a buscar a los culpables de la desaparición de las esferas y de los vigilantes.

Javcomp, se retiró del Tlatelolt, mientras los sublíderes se quedaban con el grupo seleccionado, uno de ellos se acercó al grupo y puso un mapa en el suelo en medio del nutrido grupo, comenzó a explicarles que por órdenes de Javcomp, no se iban a usar Yuyus, ni Macuas especiales para el ataque, únicamente los escudos y las Macuas ajustables, después otro sublíder se acercó y procedió a señalarles en el mapa la ruta que van a tomar para llegar al fondo del desierto, explicándoles, que, para llegar del lado de la pared escarpada, habilitarían dos plataformas, y así continuo explicando el plan de desembarco, al terminar, volteo a ver a TK, y le externo que él va a ir a la cabeza del grupo para dirigirlo, y que ellos se van a quedar en las plataformas a esperarlos de regreso, después de larga planeación, al terminar, otro de los sublíderes, le ordenó al grupo que se retiraran a sus habitaciones a descansar, y estar listos con todo su equipo, para el momento de recibir la orden, salir en dirección a la sección cuatro para embarcarse.

El grupo obedeció la orden y dirigiéndose cada uno a sus dormitorios, TK, se les acercó a varias de Ellas pidiéndoles, que en la noche se vieran en la torre de la sección ocho, para darles una información muy importante.

TK, llegó a su habitación y de inmediato le comenzó a decir a Gacer, las instrucciones que había recibido, incluso de que él iba a ser el encargado del grupo, ordenándole, que a hora que regrese al campamento de los desterrados, le avise a Yaru que se preparen desde hoy en la noche, porque que no les confirmaron el día en que la Ayao, se va a llevar a cabo, Gacer, muy atento hacia los códices sin perder detalle de la información que TK, le estaba divulgando, al llegar la noche, TK, despertó a Gacer y le dijo que se levantara porque ya era el momento de dirigirse a la torre, él se levantó de inmediato, y colocándose su porta cosas, le respondió que ya estaba listo, entonces TK, abrió la puerta de su habitación y asomándose al pasillo para decirle a Gacer que ya salieran, se esperó a que un grupo de ranas que venían platicando, pasara de filo, pero el grupo, al ver a TK se detuvo, y en tono de burla e ironía, le dijeron que no lo olvidarían a hora que muriera en la Ayao, TK, únicamente les sonrió, y les respondió que él no va a morir, que las que van a morir después de la Ayao, serán Ellas, las ranas al escucharlo, se quedaron mudas yéndose de inmediato con la cabeza gacha, después, cuando el pasillo se despejó, TK, le dijo a Gacer que ya podían salir, cautelosamente y con paso acelerado se dirigieron hacia la torre de la sección ocho, Gacer, para pasar desapercibido, se fue atrás de TK casi chocando con su espalda, y con la cabeza exageradamente baja y muy nervioso, le preguntó a TK, si faltaba poco para llegar a la torre, le respondió que no, y con una risita le dijo que si ya se le había olvidado la torre de la sección, le dijo que no, pero que a estas alturas ya se le había hecho eterno el camino, sin hablar más, los dos siguieron caminando muy de prisa, pero a hora con lo que dijo Gacer, temblando de la emoción porque ya estaban por llegar a esa torre, TK, se puso muy nervioso, esperando que nadie lo reconociera, porque si se enteraban de que desobedecía la orden de quedarse en la habitación, lo metería en serios problemas, ya que el castigo por desobediencia era el destierro de la muerte.

Al salir a la pista de la torre, la vigilante los vio sin decirles nada y les hizo un ademán en dirección a donde se encontraba Netz esperándolos con un Yuyus listo, Netz, al verlos, se les acercó, ordenándole a Gacer, que se apurara a subir al Yuyus, mientras él se quedaba con TK, diciéndole unas palabras, después de algunas risas, se abrazaron y Netz montó el Yuyus, levantando el vuelo.

Al llegar al campamento de los desterrados, Yaru, le dijo a Netz que se acomodara junto al grupo de ranas que estaban sentadas en círculo tomando alimentos, y a Gacer, que la acompañara a la habitación de reuniones, Netz se acercó al grupo de ranas y al ver a Quetz se alegró tanto que le grito, que era bueno encontrar sana y salva a esa rana apestosa, Gacer entró a la habitación de reuniones, al sentarse alrededor de la mesa, Yaru le pidió a Cuvor que fuera por Tona, ya que, al ser una pieza importante para el plan, sin Ella no podían comenzar la reunión, al llegar Tona, Gacer, sacó de su porta cosas la corteza de espina y se la entregó a Yaru, Ella la tomó y la comenzó analizar, después de unos instantes, volteo a ver a Cuvor y a Tona, preguntándoles que con cuantas ranas disponían, ya que, la información que le acaba de dar Gacer, concluye que se van a requerir una gran cantidad de Ellas, porque además, van a aprovechar para atacar la gran piedra, el cactus y los dominios de Javcomp, después, volteó con Gacer para preguntarle el día en que se realizaría la Ayao, él, dejó su bebida sobre la mesa y después de limpiarse los restos de la boca, le respondió que no sabe, que TK, lo único que le dijo es que les avisará que estuvieran listos desde este momento, entonces Ella se quedó analizando todavía la corteza, momento en que Cuvor, intervino y dirigiéndose a Ella, le externó, que con los desterrados rescatados y los secuestrados ya suman una buena cantidad de ranas, al escucharlo, se quedó pensativa un buen rato, después se levantó de la mesa y dándole la espalda a él, le preguntó que si los secuestrados ya van a estar de lado de ellos, le respondió que sí, que después de decirles toda la verdad respecto de Javcomp, Aksui y Navi, están dispuestos apoyar la lucha, muy bien, entonces debemos de hacer los preparativos desde a hora, porque TK, va a desembarcar por el lado de la pared escarpada, con una buena cantidad de ranas y debemos estar listos para recibirlo, le respondió Ella, Tona y Cuvor, seguían escuchándola de todo lo que Gacer recopiló respecto de la Ayao, así como lo último que le transmitió TK, acerca de las instrucciones en el Tlatelolt.

Al terminar la reunión, Yaru salió de la habitación con un tubo sellado, en dirección a donde se encontraba Netz, mientras él, distraído seguía escuchando las ocaris, alimentándose y bebiendo, a un lado de Quetz, Ella, al acercarse a él, le pidió que lo acompañara, porque le iba a proporcionar una información muy importante para que se la entregue a TK, se levantó de inmediato limpiándose y haciéndole una seña a Quetz de espera, se fue con Yaru, caminando en dirección a la entrada del campamento, Yaru, le iba diciendo algunas cosas respecto de la organización y de los desterrados rescatados y él, únicamente escuchaba sin pronunciar palabra alguna, al pararse en la salida, Ella, le entregó el tubo con la información adentro y le pidió que se fuera de inmediato para entregárselo a TK, y le suplicó que tuviera mucho cuidado, ya que el tubo contenía información muy valiosa, que por nada la fuera a perder, él, tomó el tubo con mucha curiosidad y lo guardó de inmediato en su porta cosas, respondiéndole que no tuviera cuidado, que se entregará a TK, y salió del campamento, ya afuera, sacó del guarda cosas del Yuyus los objetos que TK, le dio por el favor de llevar a Gacer y se las entregó a Yaru, en señal de apoyo al movimiento y despidiéndose de todos montó el Yuyus de regreso.

Mientras tanto, en la torre de la sección ocho, TK, seguía esperando a las ranas con las que se había quedado de ver, al notar que no se presentaban, decidió aprovechar la demora al ponerse a platicar con la vigilante, acerca de cómo es que conocía a Netz, y soltando algunas carcajadas, de repente comenzaron a aparecer las ranas, pero ya no eran las pocas con las que se quedó de ver, a hora eran más y a salir a la pista, una de Ellas se le acercó, preguntándole en secreto que para qué era esa reunión, TK, dejo a la vigilante y les dijo a las ranas en forma de respuesta que lo acompañaran a la habitación de resguardo de equipo para que no los lleguen a escuchar, bajaron a dicha habitación, TK cerró la puerta, y les dijo que hicieran un círculo, para que no perdieran detalle alguno de la información que les iba a proporcionar, ya que era de suma importancia, comenzó a decirles que Javcomp lo que realmente quería, era deshacerse de Ellas, que todo lo de la Ayao era una mentira de Javcomp convenida con los otros líderes, para terminar con los rijosos e inconformes, con el pretexto de mandarlos a atacar a los responsables del robo, secuestro y asesinato de las vigilantes, pero lo que no habían convenido era de atacar el cactus, una de Ellas interrumpió, preguntándole que como se había enterado de eso, le respondió que después se los diría, por lo pronto lo más importante era esperar el regreso de Netz, ya que él traía información valiosa, y siguió informándoles todo lo que vio y escucho en la cueva de la última habitación de la sección ocho.

Después de un largo rato de esperar a Netz, por fin, él se divisó a lo lejos acercándose muy aprisa a la torre, al verlo la vigilante que se aproximaba, bajó a la habitación en donde se encontraba TK, y las ranas, avisándole que Netz, estaba llegado, él le dijo al grupo de ranas que lo acompañaran, llegaron hasta donde él se encontraba, y al saludarlo TK, Netz, le preguntó que quiénes eran esas ranas que estaban con él, son algunas que son parte del grupo que dirigirá en la Ayao, le respondió, Netz, sin hacer más preguntas, sacó de su porta cosas el tubo que le dio Yaru, y se lo entregó, seguido de esto, TK, les indicó de nueva cuenta a sus acompañantes y a hora Netz, que volvieran a la habitación, para externarles la información de Yaru, así como la planeación de la estrategia, para evitar la muerte, a hora que vayan a la Ayao., terminaron ya muy tarde de la planeación, y TK, les ordenó que se retiraran de vuelta cada quien a su habitación, para descansar incluido Netz, el cual se fue en dirección a su cuchitril en el Tlatelolt de la sección cinco, no sin antes decirle a TK, que le deseaba suerte, que no se preocupara, porque todo iba a salir bien, TK, le contestó nada más con una sonrisa y se despidieron con un abrazo.

TK despertó con somnolencia a enjugarse la cara, y mientras se la enjuagaba, pensaba en todo lo que le ha sucedido, incluso, le llegaban recuerdos vagos de Inda, recuerdos que hicieron extrañarla, después de terminar de enjugarse el rostro, se dirigió a su guarda cosas y al momento de abrirlo, los Nastliz comenzaron a tocar el llamado de concentración en la torre de la sección cuatro, él, de inmediato se puso nervioso al escucharlos y con torpeza se ajustó su porta cosas, que comenzó a llenar muy aprisa de alimentos y bebidas, al terminar, salió apresurado, en dirección a dicha torre, tan apresurado y emocionado que se tropezó cayendo de bruces por la gran cantidad de cosas que llevaba, al llegar, se percató que ya había una gran fila de ranas preparadas con su equipo, esperando la orden para bajar por medio de una escalera que acondicionaron desde la torre hacia las dos plataformas, que se encontraban flotando a un costado, con tres sublíderes arriba para recibir a los elegidos a bordo, y el cuarto sublíder, estaba en la torre verificando que estuvieran todas las ranas, comenzaba a dar instrucciones para el abordaje a las plataformas, pero en ese instante, una rana se reveló negándose a bajar las escaleras para abordar, de la desesperación tiró sus cosas al suelo y comenzando a insultar con enojó al sublíder, gritó:

—Yo no quiero morir así, porque Javcomp no pelea su guerra.

Arrojándose desde lo alto de la torre, en dirección al océano, muriendo instantáneamente al estrellarse con el líquido, este acto provocó que las demás comenzaran a rebelarse en contra del sublíder, pero TK, al ver el intento de motín, intervino tranquilizándolas con ademanes, diciéndoles -que de su cuenta corría que nadie más iba a morir, que todo iba a salir bien y que esta Ayao la iban a ganar a como diera lugar-, todas voltearon a verlo y comenzaron a rodearlo, para seguir escuchando las palabras de aliento que él les trasmitía, sin hacer caso al sublíder y sin cuestionar a TK, comenzaron a bajar las escaleras en dirección a las plataformas, con la moral muy en alto subieron, al final del abordaje, el sublíder que estaba en la torre, detuvo de un jalón en el hombro a TK quien aún no abordaba, para externarle que lo que estaba haciendo Javcomp, era una verdadera infamia en contra de la especie, pero principalmente en contra de la raza Catums, y le preguntó que como podía ayudar, porque con las palabras que le acaba de dirigir al grupo de ranas, fueron más que para levantar la moral, fueron las palabras de un verdadero líder, le respondió que si ya estaba de su lado, al llegar a la pared escarpada se tenía que separar de los otros sublíderes y obedecerle en todo, porque lo iba a necesitar, el sublíder con lágrimas en los ojos, respondió que sí, que ya estaba de su lado y de a hora en adelante estaba bajo su mando, después, los dos bajaron las escaleras siendo los últimos en abordar las plataformas.

En las plataformas, los sublíderes les ordenaron a las ranas que se instalaron en la orilla, subieran a la cornisa para sacar los remos y comenzaran a remar al compás de los Naztlis, y así, navegaron en dirección a la pared escarpada del desierto, durante la travesía, sobre ese océano verde olivo, TK, daba instrucciones, indicándoles que cuando hiciera ciertas señas con las manos, se tiraran de pecho al piso, se levantaran, corrieran, caminaran, o se detuvieran, y las ranas poniendo atención asentían con la cabeza, los sublíderes, nada más observaban, sin emitir opinión alguna al respecto, las ranas, seguían escuchando y observando las instrucciones que TK les daba y aprovechaban para tomar alimentos y bebidas energizantes, los Naztlis, tocaban sin cesar el Tum-Tum-Tum, para que las ranas siguieran remando, y al paro del toque, intercambiaban con otras para descansar, seguían navegando sin presentarse problema alguno, de repente, una rana que iba remando en la parte delantera, lanzo un grito aterrador al ver un enorme Axopots que subía rápidamente por las escalera de la plataforma, soltó el remo y corrió tratándose de refugiar a donde se encontraba todo el grupo, pero fue demasiado tarde, el Axopots alcanzó a atraparla por una de las ancas para después llevársela al océano y devorarla, todo pasó en cuestión de segundos, tiempo en que nadie pudo hacer algo para evitar que se la llevará, tres de los cuatro sublíderes al ver eso se soltaron a reír a carcajadas diciendo -ya van dos menos-, TK, los vio con enojo y en seguida ordenó a unas ranas que tomaran sus Macuas y escudos para apostarse en todos lados y sentidos de las plataformas para vigilar.

Después de un largo trayecto, TK, alcanzó a ver a lo lejos la cercanía de la pared escarpada, de inmediato ordenó a las ranas que se prepararan para el desembarco, porque su destino estaba próximo, las ranas obedeciendo se comenzaron a preparar, ajustándose sus Macuas, porta cosas y escudos, atentas esperando órdenes, al llegar a la pared, TK comenzó el desembarco indicándoles que, ya abajo, se reunieran todas en un solo grupo para recibir las instrucciones de la incursión al fondo del desierto.

TK, fue el último en desembarcar y acercándose al grupo de ranas, indicó que se formaran en filas para emprender el camino por un sendero rodeado de grandes dunas, TK, caminaba al frente de todas y volteando en varias direcciones buscaba la señal que Yaru le iba a mandar, caminaba intranquilo e incrédulo y se hacía muchas preguntas, pensando que a lo mejor Yaru, no estaría ahí, después de un recorrido corto, a lo lejos, notó una luz roja que zigzagueaba de un lado a otro, entonces, en ese instante, él, levantó el brazo, mandando la señal a todo el grupo que se tiraran de pecho al piso y se cubrieran con los escudos, mientras tanto, en las plataformas, los sublíderes al ver el movimiento del grupo, se cuestionaron, "qué será lo que está haciendo ese TK", distracción que hizo que no se percataran que una nube de arpones y púas que ennegrecía el cielo se acercaban a ellos a gran velocidad, que les pegaron en todo el cuerpo provocando la muerte instantánea, que hizo que cayeran por el borde de la plataforma al océano y quedaran sus cuerpos flotando, el único que no murió fue el sublíder que se pasó al bando de TK, ya que en ese instante, él, se encontraba a su lado, después de que cayeran los arpones y púas, TK, con gritos, ordenaba al grupo que mantuvieran su posición, después de unos instantes al quedar todo en silencio, él, se descubrió y comenzó a ver a los alrededores para confirmar que ya no había algún peligro, notó que tuvo algunas bajas, que pensó fueron ranas que se distrajeron o no pusieron atención a su señal, se levantó y con un suspiro de alivio, indicó al grupo que se levantaran, ya que el peligro había pasado, algunas al levantarse comenzaron a vitorearlo y a reír de alegría por haberse salvado, unas se acercaron a él con algarabía, diciéndole -que en este momento lo que él disponga se acatará sin mayor problema-, así, cada una de Ellas, saludaba a TK, en señal de agradecimiento y respeto.

TK, con voz dura dijo a unas, que fueran a las plataformas para traer toda la reserva de alimento, armas y arpones, y de paso verificar si algún sublíder sobrevivo y sí alguno seguía con vida, se la quitaran sin el menor remordimiento, a otras, les ordenó que retiraran los cuerpos de los caídos e hicieran la cuantificación de las bajas, de repente, una rana muy exaltada se dirigió a él corriendo, gritando que se aproximaba por uno de los costados, un grupo de ranas ajeno, al escucharlo, de inmediato ordenó que estuvieran listos, indicándoles que si ese grupo presentaba alguna hostilidad, dispararan sin titubear, él, al voltear a ver a las ranas ajenas que se aproximaban, notó que a la cabeza venía Yaru con Gacer a su lado, en ese momento, TK sonrió bajando su escudo y su Macua, volteo a su grupo, y ordenó que hicieran lo mismo, diciéndoles que no había problema, que esas ranas que se aproximaban eran las aliadas que tanto esperaba.

Yaru y Gacer, junto con el grupo que lideraban, llegaron hasta donde se encontraba TK, incorporando a los dos grupos, para descansar y tomar alimentos.

Yaru, Gacer, TK y el sublíder, se alejaron del grupo que a hora ya era numeroso y en una piedra plana, Yaru, sacó de su porta cosas un mapa que acomodo en Ella, y comenzó a explicar la ruta que tomarían después de descansar, y el punto en donde se encontraran con Tona y Cuvor, que en esos momentos ya deberían estar en camino, TK, Gacer y el Sublíder, pensativos y en silencio atendían todo lo que Ella decía.

Por otro lado, en el sendero que venía desde la gran piedra hacia el fondo del desierto, Tona y Cuvor, se encontraban escondidos en espera de las ranas de Aksui; Tona se hallaba a un costado del sendero tras de una duna y Cuvor al otro costado igual detrás de una duna, desde ahí, los dos esperaban el momento oportuno para cuando esas ranas, que ya se visualizaban a lo lejos transitaran entre las dos dunas, Tona y Cuvor dieron la señal de tocar los Nastliz, en el instante exacto que esas ranas se encontraban a la mitad, entre las dunas, las ranas de Aksui, se detuvieron desconcertadas al escuchar el sonido de los Nastliz, el sonido se escuchaba en todas direcciones, trataron de identificar de donde provenía, comenzaron a dispersarse y algunas muy asustadas emprendieron la huida de regreso, otras se dirigieron a explorar las dunas con sus armas listas, lo que Tona y Cuvor, aprovecharon esto para salir de sus escondites y atacarlas a bocajarro con sus Macuas, y uno que otro Pote, disparando arpones y púas que les penetraban la cabeza y pecho, provocando que la mayoría empezaran a caer fulminadas, incluidas las que huían, las pocas que quedaban de pie, al ver el encarnizado ataque formaron un círculo y juntaron los escudos para formar una coraza, que evitará que los arpones y púas penetraran, después, sacaron los brazos a través de los pequeños orificios que los escudos redondeados dejaban y con sus potes ajustados a la mano, repelían el ataque defendiéndose con estoicismo, disparando especialmente a donde se encontraban Tona y Cuvor; Tona, al ver que una de esas ranas, disparó y las púas se aproximaban a gran velocidad directo a su cara, ella, las esquivó tirándose al suelo dándose un fuerte golpe en la cabeza que la desmayó instantáneamente, pero de la misma manera recobró el sentido y con dificultad recargó la Macua, disparando directo a esa rana y a las aberturas que dejaron en la coraza, que las ranas del círculo no advirtieron, disparos que deshicieron al momento ese lado, las ranas que venían con Cuvor, vieron que se abrió ese hueco y atacaron de inmediato, dando inició una lucha cuerpo a cuerpo, las ranas de Aksui, seguían defendiéndose tenazmente dando muerte con sus potes a algunas atacantes de Cuvor, logrando rehacer nuevamente la coraza, Tona, al ver esto, molesta y con desesperación incrustó con gran fuerza al suelo el tripote de la Macua especial y con la ayuda de una de sus compañeras que insertó la carrillera de arpones, comenzó a disparar sin distinción directo al círculo, ráfagas que a corta distancia y a la velocidad que iban destrozaban uno por uno los escudos de las ranas que estaban frente a ella, haciendo que cayeran sin vida boca abajo con los escudos destrozados, quedando al descubierto los cuerpos de las otras que estaban de espaldas defendiéndose de las atacantes de Cuvor, la guerrera al verlas, gritó que estaban rodeadas y que ya no tenían escapatoria, que era mejor que se rindieran, pero una al escucharla volteó, exclamando a gritos que nunca se rendiría y cuando trató de disparar su pote, recibió un arponazo en el cuello disparado por Tona, las otras, al voltear y al verse perdidas se hincaron comenzando a gritar que se rendían implorando que no las matasen, pero Cuvor, con la ira que reflejaba su semblante y el odio en los ojos, no hizo caso a las súplicas y dio la orden de disparar, arrebatándoles la vida en un instante, Tona, se acercó de inmediato a Cuvor, y en tono indignado le pregunto qué porque lo hizo y él, agarrándola del brazo con fuerza le respondió a gritos, que esas ranas ya no tenían remedio, que era necesario hacerlo, ya que estaban dispuestas a asesinar a sabiendas de que estaba mal.

Tona y Cuvor, al acabar con las ranas de Aksui, se reorganizaron e hicieron la cuantificación de las bajas que tuvieron y descansaron por un largo rato, al momento de dirigirse al fondo del desierto para encontrarse con Yaru y los demás, tuvieron algunas dificultades al toparse en el camino a un enorme Lomb, que afortunadamente lograron aniquilar, en el momento preciso que los atacó sigilosamente por la retaguardia.

En el fondo del desierto, Yaru, TK, Gacer y el sublíder, se encontraban preparando el lugar, algunas ranas mandadas por Yaru, traían de las dunas Chicls muertos para usarlos como camuflaje, otras enviadas por TK, hacían trincheras que una vez terminadas camuflarían con mantas hechas de alas de Yuyus, pintadas idénticamente del color rojo del terreno, y así, seguían preparándose para recibir a las ranas mandadas por Navi, las cuales ya estaban cercanas gracias a la información, que una exploradora mandada con anterioridad por Yaru le acababa de dar.

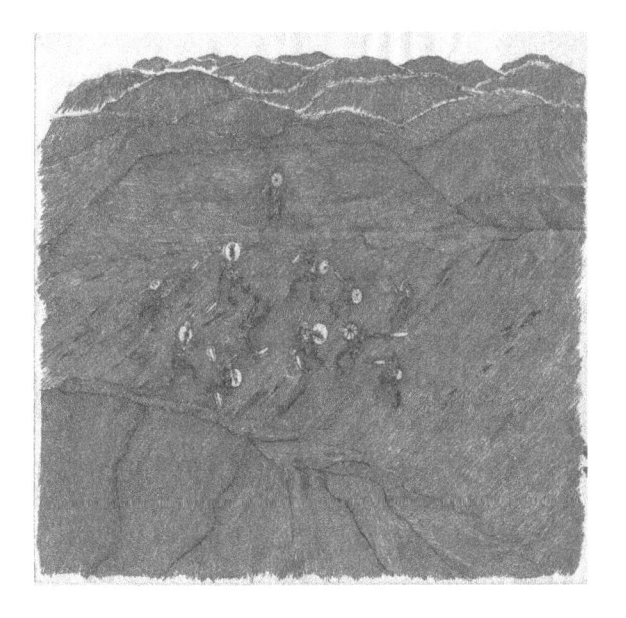

Tona y Cuvor, al llegar al fondo del desierto se acercaron a Yaru apresuradamente, para informar que las ranas de Navi se hallaban a poca distancia de ellos, Yaru, de inmediato ordenó que tomaran las posiciones acordadas, obedeciendo TK y el sublíder, se dirigieron a la vanguardia del lugar y se pusieron encima los Chicls muertos, Tona y Cuvor, se fueron a las trincheras que se encontraban en la retaguardia tapándose con las mantas, por último Yaru y Gacer, se dividieron en dos grupos, que cada uno se ocultó atrás de la duna que rodeaba el fondo del desierto, desde ahí, Yaru se mantenía atenta observando como los Tatums de Navi, arribaban uno por uno con desconcierto, ya que al momento de entrar al lugar, notaron que se encontraba vacío y en silencio, una rana de la raza Tatum de nombre Caret, que estaba en el grupo de Yaru, se acercó a Ella al momento de distinguir a la rana que venía a la cabeza de las ranas de Navi, diciéndole que a esa rana la conocía, que la dejara ir a su encuentro para decirle que esto era una trampa de Navi, Yaru, le contestó, que sí, que esa era una buena idea, que no había problema que fuera, pero que llevara a dos compañeras para que una toque el Naztli y la otra la ocari, la rana asintió con la cabeza y de inmediato llamó a las dos ranas, comenzaron a bajar por la duna en dirección de las ranas de Navi, caminaban lentamente tocando la melodía de paz y poco a poco se acercaban, la rana que estaba a la cabeza de las de Navi, al ver a Caret, como se aproximaba a él y escuchando la música de paz, se puso nervioso y los ojos se le comenzaron a humedecer de lágrimas, que empezaban a escurrirle por las mejillas, por la emoción de verla nuevamente, bajó su cabeza y apoyo en el suelo el escudo y la Pops, y volteó hacia el grupo que dirigía, ordenando que hicieran lo mismo, ya que la rana que se acercaba era una vieja amiga llamada Caret, las ranas al escuchar el nombre comenzaron a mirarse entre ellas acatando al unísono la orden, todas dejaron sus armas y escudos en el suelo, Yaru, desde la duna observaba como Caret hacía ademanes y movía la boca en señal de diálogo, Yaru, haciendo la señal a las demás de mantener sus posiciones, vio que Caret junto con el líder del grupo se dirigían a Ella, volteó a su costado y llamó a una rana que estaba a unos pocos pasos, para ordenarle que fuera a verificar si las rematadoras de Navi estaban cerca.

Yaru salió de su escondite, al encuentro de Caret que ya venía acompañada del grupo de ranas de Navi, Caret se acercó a ella, explicándole que el grupo de Tatums de Navi, lo lideraba su amigo de nombre Tlaneci, al cual Yaru saludó, y él contestando el saludo, le preguntó que cuál iba a ser la posición que iban a ocupar, para luchar contra las rematadoras.

Yaru, seguía atenta esperando a las rematadoras, cuando a lo lejos vio a la rana exploradora mandándole la señal de que ya estaban entrando al terreno, de inmediato amarró una luz verde en la punta de un arpón y sin despegar la mirada del arribo de las rematadoras, levantó su brazo y cerró el puño, mandando la señal de mantener posiciones hasta que todas las rematadoras se encontraran dentro del terreno, cuando vio que la última rana del gran número de rematadoras entraba, apuntó hacia las alturas la Macua con la luz lista y disparó, el arpón que salió a gran velocidad indicó a las ranas de las trincheras atacaran, Cuvor y Tona, al ver la luz en las alturas salieron de su escondite disparando, acto que tomó por sorpresa a las rematadoras, ya que Tona y Cuvor, junto con el grupo que lideraban las atacaron por la retaguardia, las rematadoras al verlas no dudaron en repelerlas, a lo lejos los Naztliz y ocaris entonaban la melodía de guerra comenzando así la Ayao, Yaru, levantó el brazo, y con movimientos en forma de zigzag, mandó la señal a Gacer de disparar la segunda luz, a hora de color roja, TK y el sublíder, al ver la luz roja que se desplazaba por las alturas, se quitaron los Chicls que tenían de camuflaje y corriendo a gran velocidad apoyando en el suelo Macuas especiales con dos tiradores, que de inmediato disparaban Por la vanguardia, ráfagas directo a donde se encontraban las rematadoras, que luchaban muy desconcertadas defendiéndose de Cuvor y Tona, Yaru, volvió a amarrar otra luz pero a hora de color azul, que al dispararla mandó la última señal de salir a todas las que se encontraban ocultas atrás de las dunas.

TK, disparaba su Macua, derribando a varias rematadoras que se defendían de frente, de repente de su lado izquierdo, una rematadora brincó a lo alto con su Pops lista en toda la extensión, para asestarle el golpe en la cabeza, pero TK al ver que se aproximaba levanto su escudo protegiéndose la cabeza y este movimiento hizo que la Pops rebotará de forma violenta, provocando que se zafará de la mano de la rematadora, que al caer, su pecho se incrustó en el arpón de la Macua que TK no pudo disparar, la rana al caer muerta hizo que TK, también cayera pero de espalda al suelo, ya que Ella quedó encima de él, con rapidez logró retirarla de encima, momento en que volteo a donde se encontraba Cuvor, que iba a ser atacado por la espalda por dos rematadoras, al verlas con dificultades les apuntó su Macua y de un disparo certero atravesó al mismo tiempo el cuello de las dos atacantes, salvando a Cuvor de morir.

La noche comenzaba a caer, poco a poco el terreno se llenaba de cadáveres, tanto de rebeldes como de soldados, cadáveres que las luces de colores iluminaban, mostrando un paisaje tétrico y lúgubre, cuerpo a cuerpo seguía la lucha que algunas ranas sostenían, Tona, ya fatigada, no cesaba de recargar y disparar con la ayuda de su compañera, la Macua especial empotrada al suelo, Cuvor, seguía luchando cuerpo a cuerpo cubriéndose de los golpes de las pops con su escudo, logrando derribar una gran cantidad de rematadoras, Yaru, desde lo alto de la duna, lideraba a un pequeño grupo de ranas que se encargaba de identificar a los heridos para retirarlos del campo de batalla y resguardarlos para darles atención necesaria, así fueran amigos o enemigos, en el momento en que Yaru, junto con el pequeño grupo, auxiliaba a una enemiga con herida mortal en el cuello, otras rematadoras al verla agachada, la señalaron gritando que había que quitarle la vida a la líder, de inmediato se dirigieron a ella y una, aprovechando que se encontraba descuidada, le arrojó la pops directo a la cabeza, momento en que Caret, al ver como el arma enemiga giraba en lo alto, disparó un arpón, que hizo que el arma se desviara de la trayectoria, evitando así que le pegara en la cabeza, Yaru, se dio cuenta del acto e indignada se levantó y corrió de frente a su atacante y poniéndole la Macua en medio de la cabeza, le gritó que a pesar de estar atendiendo a una de sus compañeras, no tuvo consideración y esa actitud daba a entender que no le importaba su raza, la rana, inmóvil recibió el disparo que Yaru realizó con rabia e ira, incrustándole el arpón en medio de los ojos, escena, que las otras dos ranas enemigas al verla, de la impresión se quedaron inmóviles y al notar enardecida a Yaru, tiraron las pops y trataron de huir, pero al darse vuelta para correr, se toparon de frente con TK, Gacer, Tona y Cuvor, que sin titubear les dispararon en repetidas ocasiones llenándolas de arpones en todo el cuerpo, que por la fuerza y cercanía las lanzaron de espaldas al fondo de una trinchera.

TK, regresó de nuevo a luchar, y al ver que Caret y Tlanezi, estaban siendo rodeados, le pidió a Tona que lo acompañara para ayudarlo a disparar, él, de inmediato se acomodó la Macua especial en el hombro y corriendo a donde se encontraban sus compañeros que estaban a punto de ser atacados, se hincó y Tona atrás de él comenzó a disparar las ráfagas de arpones que les asestaba directo a la cabeza, Caret y Tlanezi, al verlos, únicamente se tiraron al suelo y se cubrieron con los escudos, soportando los cuerpos inertes de las atacantes que caían encima.

Después de un largo rato de batalla, comenzaba el final de la Ayao, ya que sobre el terreno algunas rematadoras se hincaban tirando sus armas y levantando las manos, proclamaban su rendición e imploraban no las mataran.

Yaru, veía como las sobrevivientes comenzaban a llegar en pequeños grupos a donde ella se encontraba, trayendo rematadoras con las manos atadas al cuello prisioneras, y a otras cargando a los heridos que ponían a las orillas del terreno para atenderlos dándoles bebidas y alimentos.

Sin embargo, lo sucedido era solo el inicio de una guerra que tomaría demasiadas vidas, porque a hora debían tomar el cactus, para debilitar el horrible plan de los tres viles líderes.

Al ocaso de aquel día, Yaru se reunió con sus correligionarios para emprender el camino al cactus, indicando a su recién aliado Tlanezi, junto con Caret, que todos los heridos debían ser llevados al campamento de los desterrados para atención y que además debían avisar a Quetz que era momento de reforzar la lucha con el grupo que aguardaba con él en el campamento, al sublíder que decidió seguir a TK, Yaru le asigno la tarea de vigilar los cuerpos de las ranas caídas en combate momentos antes, ya que los Chicls y Lombs harían por devorarlos.

Después de este pequeño receso, Yaru junto a sus compañeros y a hora amigos colectaron armas, escudos, alimentos y bebidas de los caídos para con la primera luz del día emprender el camino hacia su siguiente batalla "el cactus".

Durante el trayecto Quetz, junto con Tlanesi y Caret, lograron alcanzar a su líder Yaru para unirse a lo que a hora era un gran grupo de ranas de las diferentes razas, decidieron hacer una pausa para que las ranas que los acompañaban pudieran descansar y alimentarse antes de la lucha, momento en que los líderes afinaron los detalles de la estrategia de ataque al "cactus". Cuando las rebeldes retomaron el camino hacia su objetivo que ya no estaba lejos, Tlanezi y Caret tomaron a TK y a un grupo de Catums que ya se habían pintado el cuerpo de azul como prisioneros para así poder entrar sin problema al cactus según lo planeado por la gran líder Yaru.

Yaru, desde una distancia considerable, veía como los dos sobrevivientes Tatums, Tlanezi y Caret entraban al cactus con los prisioneros, dentro del cactus, el Tatums que vigilaba la entrada los reconoció y sorprendido se acercó para preguntarles cómo era posible y de manera sobria Tlanezi y Caret narraron como acabaron con las traidoras en el desierto y que estás que traían como prisioneras eran las que se rindieron, la algarabía de las ranas que se acercaban a escucharlos explotó al creer que acabaron con las traidoras que su líder Navi les había dicho que huyeron al fondo del desierto y descuidaron sus puntos de vigilancia y ataque, al ver tal distracción, los prisioneros las amagaron sometiéndolas de inmediato y Caret sigilosamente salió para enviar la señal acordada y así Yaru y todo el grupo que la seguía pudieran invadir el cactus con la menor de las bajas.

Para cuando la líder rebelde arribó al cactus, Tlanezi y acompañantes ya tenían sometidas a las ranas del cactus hincadas con las manos al cuello atadas, por lo que una lucha cruenta se evitó, así, Yaru pudo con tranquilidad interrogar a las ranas sometidas de la ubicación exacta de Navi, quien aún no se enteraba de la invasión que se había cometido en el cactus, una de las sometidas revelo que Navi estaba dentro del gran salón ubicado al centro del cactus, habitación donde fabricaban su tecnología, al tener esta información Yaru decidió avanzar a dicho salón acompañada de Gacer un Tatums desterrado y un grupo de rebeldes; así el plan marchaba tal como lo habían pensado, mientras Yaru avanzaba al gran salón, el resto del grupo rebelde tenía la tarea de capturar a los Tatums que se encontraban en el lugar por donde se había hecho esta primera incursión, para concentrarlos en el gran salón del cactus junto con Navi su líder, sin embargo, cuando las puertas del gran salón se abrieron, Navi sorprendido al ver a Yaru una Catums desterrada y a Gacer entrar, con desesperación el líder del cactus aterrorizado pide a su guardia emprenda un ataque contra los invasores, pero estos ya habían tomado el salón, Navi al verse perdido aventó a uno de sus guardias contra los recién llegados y accionó una palanca que abría el pasadizo que conducía a la guarida de Javcomp, Yaru al momento en que vio que el malvado líder Tatums pretendía huir, disparó su Macua asestándole el tiro en la pierna provocando que tuviera una aparatosa caída, impidiendo con esto lograrás huir hacia la guarida y prevenir a los demás líderes, a esto los guardias de Navi comenzaron acercarse a ellos con sus pops listas, solo con la única intención de salvar a su jefe, pero las acompañantes de Yaru los sometieron apuntándoles con las Macuas, logrando que interrumpieran la intención de atacar, porque realmente se dieron cuenta de que ya no tenían escapatoria.

Poco después al gran salón llegaban Tlanezi y Caret con todos los Tatums que habían encontrado en el lugar que ocuparon sorpresivamente en el ataque al cactus, también arribaron Tatums que al escuchar que eran invadidos fueron a luchar, pero al entrar todos los Tatums observaron a su líder Navi herido y hecho prisionero sentado en el piso en medio del salón con las manos atadas y gimiendo de dolor por la herida en la pierna, esta imagen los alteró, pero Gacer quien se dio cuenta de que podía salirse de control aquello, subió a la estructura en donde se armaban los deslizadores y comenzó a narrar de cómo fue desterrado y todas las fechorías que Navi había cometido en contra de su propia raza y lo que en conjunto con Javcomp y Aksui seguían haciendo contra toda la especie. Navi temblaba y esta reacción confirmaba lo que Gacer estaba narrando quien volteaba a ver a Navi con mirada de lástima y pedía a las ranas Tatums se volvieran rebeldes y siguieran como él lo había hecho señalando a Yaru.

Las anfitrionas desconcertadas murmuraban y volteaban a ver a la líder Catums desterrada, y a su líder Navi, que aún continuaba con la cabeza baja y sollozando por el dolor que el arpón le causaba en la pierna, momento después todo el salón se quedó en silencio y de repente una levantó el brazo y dijo que si su líder Navi no decía nada en su defensa, era porque lo que dijo Gacer es verdad y todas siguiendo a esa rana levantaron sus brazos aceptándola a hora como su líder también; Yaru subió a donde se encontraba Gacer y comenzó a dar instrucciones, era el momento de asaltar la gran piedra aun cuando sabían que esa misión era casi la muerte, porque quien gobernaba ahí era gustosa de asesinar, pero disfrutaba más la tortura previa, tenían que ser impecables a hora que había más apoyo a la rebelión, después, ella dirigió la vista a donde se encontraba Navi y le exigió la parte del libro que poseía y que era el eje de esa civilización, el preso estaba tan asustado que al momento entregó la parte del libro y todas las ranas observaron el objeto, pero no sabían de su existencia, Yaru comenzó a explicarles todo y el por qué debían tomar en un solo intento la gran piedra y apresar a Aksui, ya que esta líder poseía la otra parte del libro donde se originaba la civilización Yatums.

Mientras Cuvor y Tona planeaban la invasión a la gran piedra en una habitación del gran salón, TK, Tlanezi y Caret seguían dispersando por toda la raíz del cactus guardias rebeldes para evitar algún motín, y Yaru, Gacer y Quetz interrogaban al líder del Cactus acerca del túnel por donde pretendía huir, Navi aún sorprendido por lo sucedido, pero más asustado, ya que revelar lo que Yaru le preguntaba era firmar su muerte, pero la líder era muy hábil y poco a poco fue obteniendo información, ya que Navi le confesó que había túneles que conectaban las tres colonias y por donde él iba a escapar era uno de ellos, Yaru preguntó que había del otro lado y con resistencia Navi contestó que se trataba de una cueva donde Javcomp tenía esclavos Tatums y Yatums, la desterrada sintió que su cuerpo se quemaba de coraje, pero Gacer y Quetz al notar esa reacción la calmaban recordándole que debían asaltar la Gran Piedra.

Ya tranquila, Yaru entraba a la habitación en donde se encontraban Tona y Cuvor para saber cuál era el plan de invasión, de inmediato Cuvor respondió señalando el mapa que un grupo invadiría por el exterior y otro por el túnel que conecta directo a la gran piedra, y los demás se quedarían a custodiar el cactus a Navi y los túneles, Yaru, se quedó un poco pensativa al escucharlo y volteó a ver a Tona preguntándole que cuál era su opinión respecto al plan de Cuvor, Ella, contestó que era un buen plan, que con eso acorralarían a Aksui, Yaru, siguió pensativa y posterior le dijo a Cuvor que el grupo que atacará por el exterior Ella lo dirigiría junto con Tona y el grupo que ira por el túnel junto con TK lo dirigiría él, respecto del cactus Gacer se quedaría a cargo y con la ayuda de Quetz, Caret y Tlanezi, custodiando los túneles y a Navi, Cuvor, únicamente asintió con la cabeza y de inmediato enrollo el mapa y salieron a organizar dicho ataque.

Comenzaba a oscurecer, y Yaru y Tona al frente de un grupo de rebeldes muy numeroso que se dirigía a la gran piedra, caminaban en una sola fila lentamente y paraban por poco tiempo para descansar y retomar fuerzas, ya que en ese grupo, además de llevar Tatums, del cactus que se acababan de unir a los rebeldes, iban los que lucharon en contra de las rematadoras, se acercaban a su objetivo y Yaru comenzaba a sentir como la adrenalina le recorría por todo el cuerpo, y una emoción de miedo, valentía y a la vez de terror, al pensar que se enfrentaría a la malvada líder de los Yatums Aksui, de repente, ella y Tona pararon la marcha al notar que detrás de un pequeño montículo de piedras se visualizaba la gran explanada del desierto que conecta al puente de la entrada a la Gran piedra, fue entonces que Yaru, mandó a una rana de avanzada a investigar la entrada al puente, la rana regresó al poco tiempo, para avisarle a ella que en el puente se encontraban muchos vigilantes, pero no los suficientes para repeler un ataque sorpresa, entonces Yaru, aprovechando la oscuridad volteó a ver a Tona ordenándole que ella junto con un grupo de Tatums se dirigiera con mucho cuidado para que no fueran vistos a ocultarse detrás de los montículos que se encontraban a los costados de la explanada repartiéndose en ambos lados, permaneciendo ahí preparados a la señal de ataque, Tona, de inmediato se llevó al grupo, después, Yaru, llamó a unas Catums para ordenarles dirigirse pecho al piso a empotrar las Macuas especiales en línea a todo lo largo en la explanada quedándose dos ranas, una para disparar y la otra para indicar los objetivos y cubrir a su compañero de las púas con el escudo, a otras de la raza Yatums, que no eran muchas, les ordenó acompañarlos y quedarse atrás de las Macuas, y el resto, los organizó en pequeños grupos para salir a luchar al final.

Al estar todo listo, Yaru le pidió a una rana que disparara un arpón a la mitad de la explanada con una luz roja atada, la rana al instante disparó y el arpón que se desplazaba a las alturas emitió el reflejo de luz antes de caer en su objetivo, las ranas que vigilaban la entrada se sorprendieron al ver el reflejo y el arpón que se incrustó al piso a una corta distancia de donde se encontraban, trataron de identificar qué era lo que estaba pasando y alcanzaron a ver las sombras de los movimientos de las rebeldes que se notaban muy poco por la oscuridad, una de ellas alcanzó a ver como unas sombras se movían en el lugar donde estaba Yaru, de inmediato, dos de las vigilantes caminaron hacia esa dirección y al llegar notaron que las sombras eran de una gran cantidad de ranas que al parecer iban a atacar, de repente Yaru al ver a los vigilantes dio la orden de encender las luces incrustadas al suelo que eran rojas, verdes y azules, las vigilantes al verlas, despavoridas corrieron de regreso a la piedra para dar aviso a su líder Aksui, llegaron al fondo de la gran piedra y al momento de acercarse a donde su líder se encontraba al hablarle.

Ella volteó eufórica con cara de enojo gritándoles que porque interrumpían, ya que en ese momento tenía a una rana Catums que era de su servidumbre hincada dándole de latigazos, una de las informantes le contesto nerviosa con una disculpa diciendo que una gran cantidad de ranas se encontraban a las afueras de la gran piedra, que al parecer se estaban preparando para invadir, Aksui, al escucharla se quedó atónita tanto que dé la impresión soltó el látigo y bajo la cabeza tocándose la barbilla pensando que a lo mejor uno de los líderes la había traicionado, de inmediato le ordenó a la informante que dieran aviso de tocar las ocaris la señal de alarma, para que todas las ranas se preparen para defender la gran piedra si es que esas ranas vienen con motivos belicosos, seguido de esto le dijo a la Catums que tenía hincada que por esta vez se había salvado por unos momentos, pero que al terminar con las invasoras regresaría a terminar con Ella y soltando una carcajada socarrona se dio la vuelta ajustándose su pote en la mano y su escudo a la espalda, pidiendo a sus súbditos que prepararan el deslizador.

Aksui, salía de la gran piedra sobre el deslizador lentamente y tras de ella, todas sus súbditas marchando preparadas con sus armas, al llegar a donde se encontraba el arpón, ordeno a sus súbditas que se formaran en líneas, las cuales comenzaban a llenar todo el lugar por la gran cantidad que eran; Yaru, a lo lejos únicamente observaba los movimientos de los Yatums y como Aksui se desplazaba a lo largo de las líneas en el deslizador con ese porte soberbio dando órdenes, de repente, ella al ponerse de nuevo al frente de sus súbditas, levantó el brazo dando la señal de que prepararan las armas, las ranas al mismo tiempo elevaron los brazos con sus potes ajustados y Aksui al bajar el brazo, sus súbditas dispararon a lo alto sus potes inundando el cielo con púas que iban directo al grupo de rebeldes, Yaru al ver las púas, de inmediato ordenó a las rebeldes que se cubrieran con los escudos y avanzar, ahora Yaru, levantó el brazo dando la orden a la primer línea de preparar las Macuas, y al bajarlo toda la línea disparó al mismo tiempo de frente a las Yatums que se acercaban poco a poco; Aksui, al ver como los arpones se desplazaban hacia ellos sin inmutarse solo dio la indicación a la primera línea de su ejército dividirse en grupos formando círculos acorazados, al ver esto la líder rebelde volteaba a ver a su compañera Tona indicándole que mantuviera la calma y esperara la señal, sin embargo, ambos bandos empezaban a tener bajas, a la malvada líder esto no le importaba y fue cuando dio la orden de avanzar, claro Ella punteaba el ejército Yatums, y los círculos acorazados coordinadamente avanzaron, del otro lado Yaru y Tona permanecían inmóviles esperando el momento planeado para que Aksui estuviera lo suficientemente cerca para que el grupo rebelde pudiera tenerlos en la mira y contra atacar con las Macuas especiales, a lo lejos ya sonaba el ritmo acelerado de los Naztliz que señalaba el inicio de una batalla que ambas partes sabían que no sería sencilla.

Cuando Aksui vio quien era la líder de los rebeldes, recordó que Javcomp la había desterrado y si seguía con vida solo podía significar una cosa, "su cómplice", el líder Catums la había traicionado, volteó y dijo a su ejército señalando a Yaru que esa rana Catums deberían dejarla llegar a Ella para personalmente quitarle la vida, su enojo fue en aumento al ver en el ejército rebelde ranas Tatums y entonces llena de furia pensando en que el cobarde Navi también la había traicionado gritó enloquecida que no debían tener piedad con los oponentes y ninguna rana invasora debía quedar con vida y mucho menos a los Yatums desterrados que también a lo lejos alcanzó a ver que estaban con Yaru.

Aksui y su ejército seguían avanzando creyendo que estaban ganando, pero cuando llegaron al punto que Yaru y Tona tenían planeado el ataque, la primera línea de rebeldes bajo la indicación de su líder, en pareja seguían avanzando con las Macuas especiales y casi directamente dispararon las armas a sus atacantes, mientras Yaru indicaba a su segunda línea de avanzada preparadas con los Potes atacar, ella no se percató que mientras desplegaba su ataque, Aksui solo observaba y esperaba el momento oportuno para ir tras ella, bajando de su deslizador y con un pequeño grupo de Yatums al ver a Yaru demasiado concentrada en su misión, sigilosamente llegó hasta donde estaba y dando un salto por la espalda de ella, levantó su escudo y apoyando su mano encima de este con el pote ajustado para disparar, una Yatums exiliada alertó a Yaru que solo atino a voltear y cubrirse con su escudo, solo que demasiado tarde, ya que Aksui había hecho su movimiento mortal y había disparado su arma que alcanzó a herir a Yaru en el hombro quien por la cercanía del ataque giró dos vueltas sobre su eje y cayó de espaldas cubierta con su propio escudo, las súbditas de Aksui iracundas dispararon a las Yatums que acompañaban a Yaru; La líder Yatums al ver que la desterrada no se movía ordenó a sus vasallos que no intervinieran porque en su rostro se dibujaba el placer que le daba la idea de quitarle la vida a Yaru, la rana caída sin hacer movimientos bruscos tentaba su alrededor buscando su Macua que por el impacto de la púa se le zafó del brazo y veía con miedo y pavor como Aksui se acercaba poco a poco a Ella, repentinamente tocó el brazo de la Yatums que la previno, la cual yacía muerta y sin pensar lo tomó por el brazo porque en él tenía su pote ajustado y listo para disparar, entonces levantó su escudo con mucho trabajo por que Aksui había puesto el pie encima y estaba por dispararle no sin burlarse de ella pero la Catums herida y desesperada al ver como su muerte estaba próxima arrancó del brazo inerte el pote y agarrándolo por el ducto de disparo lo ondeo como látigo y el peso del arma golpeo a la malvada líder Yatums en el rostro, está sorprendida de que Yaru tuviera el valor de atacarla dio un paso atrás tocándose la cara, segundo que permitió a Yaru ajustar el ducto roto del pote a la boca y dispararlo y así herir en el brazo a la gran Aksui para desarmarla, sus vasallos al ver los movimientos de la líder rebelde, corrieron al auxilio de Aksui, pero Yaru tampoco estaba sola, una de las ranas que operaba la Macua de la primer línea de ataque, al voltear a donde se encontraba su líder Yaru, dirigió la Macua hacia las Yatums que se aproximaban a Ella para asesinarla, disparó en varias ocasiones provocando que cayeran al instante, Yaru con dificultades se levantó tambaleándose y buscando a la malvada líder, noto que huía a gran velocidad en dirección a la gran piedra agarrándose el brazo herido, en ese momento llegaron más rebeldes para proteger a Yaru que aún se tambaleaba y al verla con la herida en el hombro una de ellas la tomó por el brazo y recostándola en el piso, otra rebelde sacó de su porta cosas un recipiente con veneno de las espinas del cactus, de inmediato le sacaron la púa del hombro y le untaron el veneno que comenzó a cauterizarle lentamente la herida provocando que Yaru gritara del dolor que le provocaba el veneno, otras aliadas que se acercaron le dijeron a Yaru que si seguían a Aksui que ya iba a gran distancia.

Ella, con voz entre cortada les contestó que no, que mejor mandaran la señal de aviso a Tona para salir a atacar de los montículos, al momento amarraron una luz roja al arpón de una Macua y dispararon la señal que se elevaba a gran velocidad iluminando el centro de la explanada, Tona al verla pensó, ya era hora, instante en que también mando otra señal que era de luz azul que las Tatums al verla sin titubear salieron de entre los montículos directamente a atacar a las súbditas de Aksui por la retaguardia, Yaru muy fatigada les pidió a sus aliadas que la dejaran descansar y regresaran a seguir combatiendo, después Ella se sentó a ver la batalla encarnizada y como las Yatums de Aksui iban tomando más terreno, al parecer iban ganando.

En el túnel, Cuvor y TK, próximos a la salida que conectaba al fondo de la gran piedra, notaron que había guardias apostados de cada lado, de inmediato Cuvor, volteo a ver a TK y haciendo la señal de guardar silencio le pidió a él y a otra rana que con sus Macuas les dispararan al mismo tiempo, TK y la rana, al instante apuntaron las Macuas y viéndose entre ellos recibieron la orden de Cuvor de disparar, arponazos que les pegaron precisamente en la cabeza, fue entonces que Cuvor, al verlas caer dio la orden a todo el grupo de salir del túnel y tomar el fondo de la gran piedra, de inmediato salieron disparando a los demás guardias que se encontraban distraídos, los que quedaron vivos al verlos al momento se hincaron con las manos en alto gritando que se rendían, así el grupo que lideraba Cuvor y TK, aseguró el fondo de la gran piedra, TK, fue a explorar el lugar para encontrar si algún guardia se escondió y al acercarse a un ducto escucho ruidos como sollozos al investigar notó a una Catums que estaba sentada llorando que al ver a TK, con las manos al rostro comenzó a pedir piedad, que ya no le hicieran nada, TK, al verla le dijo que era amigo y que ya estaba a salvo, estirándole la mano y al levantarla vio cómo su espalda estaba tan lacerada y muy lastimada por los latigazos que Aksui le propinó.

Al tener controlado el fondo de la gran piedra, Cuvor dio la orden de amarrar a los prisioneros y juntarlos, después ordenó apagar las luces y ocultarse para tomar por sorpresa a las Yatums que se acerquen al lugar, y así todos escondidos esperaban, Aksui, bajó por el barandal al fondo de la gran piedra muy agitada agarrándose su brazo herido y notó que todo estaba oscuro y en silencio, y volteando a los lados se preguntaba donde estarán esas ranas inútiles que dejó de guardia, y a donde se encontrará la Catums-ya no hizo por buscarlos y se dirigió a su habitación que se ubicaba a un lado del túnel de donde arribaron TK y Cuvor, se introdujo a ella y tomando la parte del libro salió a gran velocidad para huir por uno de los túneles, al tratar de activar la palanca que abría la compuerta del pasadizo a los dominios de Javcomp, TK, con enojo le susurró a Cuvor que lo dejara capturarla, Cuvor únicamente asintió con la cabeza, TK furioso salió de su escondite lanzándole su escudo en dirección a la cabeza desmayándola al instante en el momento preciso que entraba al túnel.

Tona, seguía luchando sin cesar, pero ahora con gran frustración a lado del grupo que lideraba, ya que veía como las baja de sus compañeros iba en aumento, en tanto, Yaru rendida y fatigada por la herida se levantó y pensó que si esta era su última batalla tenía que demostrar su honorabilidad y lealtad a sus seguidoras poniendo el ejemplo de su valentía en el campo de batalla y ajustándose su Macua se dirigió resignada a lo que parecía ser la caída de los rebeldes, desterrados y a la vez una sola especie, sintiendo la nostalgia de que en poco tiempo esa batalla acabaría con la derrota, pero en ese momento a lo lejos por todas partes se comenzaron a visualizar en las alturas como se elevaban una gran cantidad de luces que comenzaban a iluminar con majestuosidad el cielo y la explanada, Yaru, Tona y las rebeldes junto con las enemigas Yatums, al verlas de la impresión pararon por un momento la lucha y al bajar la mirada se impresionaron más al ver como una gran cantidad de ranas aliadas a las rebeldes venían sobre muchos deslizadores y a otras corriendo a gran velocidad, que eran comandadas por Gacer, Yaru, al verlos se emocionó tanto que comenzó a gritarles a sus compañeras luchadoras que no bajaran la guardia, que siguieran con la misión hasta el final, Tona, también de la emoción que fue tanta tiro la Macua y decidió pelear con el garrote Tatums, el arma llamada pops que comenzó hacerla girar en círculos con su mano mostrando la agilidad en su manejo, en ese momento Gacer llegó al encuentro de Yaru y con un abrazo fraterno le dijo a ella, que la Ayao que iniciaron en el fondo del desierto tenían que ganarla, que no había otra alternativa y disculpándose por haber desobedecido la orden de resguardar el cactus la apartó de la batalla, llevándola a un lugar seguro explicándole que todas las Tatums que se quedaron en el cactus le pidieron participar en esa batalla para derrotar a la líder Aksui, las cuales de inmediato rodearon por completo toda la explanada en la que yacían cadáveres de todas las razas, los súbditos de Aksui, al ver la gran cantidad de rebeldes comenzaban a retroceder tratando de huir de regreso a su hogar "la gran piedra", pero Tona que no cesaba en la lucha, al verlos gritó que ya no tenían escapatoria, que era mejor se rindieran y depusieran las armas o de lo contrario morirían, pero las ranas espantadas no hicieron caso a la advertencia y al estar escapando, se encontraron al grupo que lideraba Cuvor y TK, saliendo de la gran piedra, las ranas al verlo miraron desesperadas en todas direcciones buscando una escapatoria, pero con resignación se detuvieron levantando los brazos gritando su rendición, con eso el grupo de rebeldes se adjudicaba otra victoria más de la Ayao, una guerra infructuosa para los tres líderes.

En el fondo de la gran piedra, Aksui yacía atada por todo el cuerpo tirada en el centro siendo custodiada por Cuvor y TK, únicamente con la cabeza liberada, el lugar se comenzaba a llenar de ranas rebeldes y de las Yatums derrotadas, Yaru, se acercó a Aksui, y mirándola con desprecio le pidió que le entregara la otra parte del libro, pero ella con movimientos de desesperación para liberarse de sus ataduras, le respondió que ya no tenía el libro y enloquecida comenzó a gritar a sus súbditos que eran unos cobardes traidores, fue entonces que Cuvor intervino tapándole la boca y entregándole a Yaru la parte del libro se dirigió a su raza Yatums, explicando el destierro del que fue objeto y todas las atrocidades que cometían los tres líderes, pidiéndole a TK que trajera a la Catums que fue servidumbre de Aksui, a la cual le pidió que mostrara la espalda lastimada por los latigazos que Ella le propino como castigo de ejemplo, las ranas atentas emitieron la expresión de sorpresa y horror, después les pidió que ahora deberían derrotar a Javcomp, el último líder de la raza Catums para culminar con esa Ayao provocada por ellos y acabar con esa tiranía no sin antes pedirles que siguieran a la Gran Maestra del campamento de los desterrados "Yaru", TK, Tona y Gacer, al escuchar las palabras de Cuvor, levantaron sus brazos ovacionando a Yaru y así todas las ranas tanto rebeldes y Yatums que llenaron la gran piedra comenzaron a ovacionar a la Gran Maestra, Yaru, se puso en medio y en al momento de comenzar a dar instrucciones, del túnel que conectaba con el cactus salían Quetz, Caret y Tlanezi con Navi delante de ellos, todas las ranas al verlo que salía cojeando guardaron silencio, y fue entonces que Yaru se dirigió de nueva cuenta a Ellas y señalando a Navi les pidió que se unieran, ya que en ese momento su próximo y último objetivo era el miserable Javcomp, las ranas estallaron en gritos de alegría comenzando a tocar las ocaris y con los Naztliz, la melodía de libertad.

Yaru, Cuvor, TK, Tlanezi, Quetz, Caret y Gacer, planearon invadir a Javcomp por los túneles, Yaru junto con TK, por el túnel que conectaba directo a la cueva de Javcomp, Tlanezi, Quetz Caret y Gacer, por el túnel que conectaba al Tlatelolt de la sección cinco.

Yaru y TK, emprendían la incursión emocionados y con la adrenalina a todo lo que da, caminaban con cautela atentos a los peligros que se pudieran suscitar durante el trayecto a la cueva, al llegar a la salida, Yaru ordenó parar pidiéndole a TK que fuera a verificar la salida, y a otras fueran con él como escoltas, TK, se asomó a la salida y miró con mesura en todas direcciones de su interior notando que Javcomp se encontraba en ese momento en el balcón como de costumbre dando órdenes a gritos a los esclavos de seguir trabajando, y con duda siguió explorando por un momento más en todas direcciones, percatándose que Javcomp estaba soló sin guardias, en ese instante volteo a ver a Yaru haciendo la señal que no había problema que podían atacar, al momento ella ordenó al grupo de salir y a toda velocidad salieron al salón de la cueva que de inmediato ocuparon, Javcomp al verlos, impresionado se preguntaba cómo era posible y eufórico cuestionaba a gritos a los invasores y al verse perdido trató de huir saltando por el balcón cayendo mal a un lado donde se encontraban los esclavos, pero al levantarse y correr una de las ranas esclavas que atenta observaba le puso el pie al líder para que cayera de nueva cuenta y así capturarlo, TK al notar que Javcomp volvía a tratar de escapar le apuntó la Macua y disparó el arpón que salió a gran velocidad hiriéndolo en el costado provocando que cayera, pero ahora reciamente azotando en el piso, lo que las esclavas al verlo tirado de inmediato lo rodearon para detenerlo, Yaru acercándose a él y apuntándole con su arma, le dijo que se rindiera, que no tratara de hacer algo o de lo contrario le quitaría la vida, Javcomp, impresionado levanto los brazos y sin emitir comentario alguno la miraba con ojos desorbitados y de duda, ella que seguía apuntando el arma le exigió que entregara la parte del libro que tenía en su poder, mientras tanto TK, liberaba a las ranas esclavas del líder Catums, que ya era prisionero.

En el lugar donde se ubicaban los contenedores de almacenamiento de alimento estaban dos vigilantes sobre el pasillo que los rebeldes no advirtieron, que al percatarse que algo estaba sucediendo en el salón, fueron a investigar y al observar a su líder caído rodeado corrieron con la intención de rescatarlo, pero TK, al ver que se aproximaban dio la orden de disparar; las ranas que lo acompañaban sin chistar obedecieron y segundos después las vigilantes cayeron sin vida con los cuerpos totalmente llenos de arpones, seguido TK movilizó a las rebeldes con el fin de tomar toda la cueva.

Al parecer ahora el lugar ya era seguro y las esclavas lideradas por el grupo rebelde sometieron a Javcomp poniéndole la atadura en su cuello símbolo de esclavitud, la líder rebelde le volvió a exigir a Javcomp que le entregará la última parte del libro que daba origen a la raza Catums, ya que él todavía conmocionado por lo que estaba sucediendo no decía ya nada, únicamente mantenía la mirada perdida viendo a Yaru.

Una vez que entregó dicha parte del libro salieron del salón en fila hacia la última habitación de la sección ocho que era la salida de la guarida del vil y miserable líder, al salir al pasillo que conecta los túneles, durante el trayecto los habitantes Catums al ver a Javcomp preso y herido, sorprendidas observaron como las ranas esclavizadas que ya eran libres formaban una valla a los costados de su líder y tras ellas con un gran grupo rebelde compuesto de todas las razas lideradas por TK y Yaru quien todas las Catums daban por muerta avanzaban e incitaban a las habitantes Catums que fueran con ellos al Tlatelolt de la sección cinco, por indicaciones de TK los Naztliz comenzaron a emitir el sonido que convocaba a todos, las habitantes que venían de frente caminando lentamente les comenzaban abrir paso replegándose a la pared muy impresionadas, para después seguirlas atendiendo el llamado de los Naztliz.

Al llegar a dicho Tlatelolt, ya había una gran cantidad de ranas reunidas murmurando entre ellas:

—¿Qué está pasando?

Que al ver como entraban los rebeldes con el prisionero dejaban las actividades para acercarse, en ese momento Netz al ver a TK y a Yaru, corrió hacia ellos con gran euforia y de la emoción abrazó a TK, comenzando a gritar en todas direcciones y con lágrimas en los ojos que lo habían logrado, "ganaron la Ayao, son héroes", "son los libertadores que derrocaron a Javcomp, y a los demás líderes", en eso, Tlanezi, Quetz, Caret y Gacer, salían a toda velocidad a tomar el Tlatelolt, pensando que había problemas por el alboroto que se escuchaba, pero se detuvieron en seco al ver que la algarabía y el sonido de los Naztliz era porque Javcomp había caído, Netz, al voltear a ver al otro grupo que arribaba y al notar que a la cabeza venía Quetz, se hincó gritando- eres una rana apestosa con suerte, sobreviviste a la Ayao- y Quetz al verlo corrió de inmediato a levantarlo para abrazarlo diciéndole que si no hubiera sido por su ayuda esa Ayao no la hubieran ganado, y así poco a poco, se llenaba el Tlatelolt reuniendo a todas las razas.

Yaru, Tona, Gacer y Cuvor, subieron al balcón del Tlatelolt que Javcomp utilizaba para dar los discursos, Yaru, acercándose a la orilla del balcón, pidió a todas las ranas que guardaran silencio, después volteó a donde se encontraba TK, pidiéndole que pusiera a los tres líderes prisioneros en medio del Tlatelolt, TK obedeciendo le pidió a Caret, Tlanezi, Quetz y Netz, que acercaran a Navi y Aksui al centro del lugar a lado de Javcomp, todas las ranas les abrieron paso y observaban a los tres líderes como los sentaban en medio a empujones, después, Yaru emitió el discurso de victoria de la Ayao que Javcomp había planeado y las fechorías que los líderes hacían a las tres razas, llamando a los esclavos liberados y a la Catums que rescataron de las manos de Aksui subir al balcón para revelarlas y posterior iniciar el juicio colectivo en contra de esos malvados líderes.

CAPÍTULO

III

La huida

La nave

La revelación que hicieron los esclavos de Javcomp y la Catums prisionera de Aksui, en el Tlatelolt de la sección cinco, sirvió para que las tres razas decidieran y pidieran a la ya ahora y nueva líder Yaru, el inmediato destierro de la muerte para los tres exlíderes viles, también, ir a los lugares donde se desarrolló la Ayao para honrar a las ranas caídas y al regreso reunirse nuevamente en dicho Tlatelolt para proceder a unir las partes del libro de las tres civilizaciones y así terminar de una vez por todas con la diferencia de razas y comenzar a vivir como lo que eran "una sola especie".

Las tres razas ahora en un solo grupo encabezado por Yaru, arribaron a la explanada de la gran piedra, lugar que atestiguaba el fracaso de la Ayao que Javcomp inicio en contubernio con Aksui y Navi, que de inmediato todas las ranas la rodearon por indicaciones de ella, pero las Catums que no lucharon en dicha guerra, al observar el lugar sintieron un estremecimiento por todo el cuerpo, al notar la gran cantidad de cadáveres tanto de Tatums, Yatums, así como las de su propia raza, que al verlas se sorprendieron al instante, ya que tenían la idea de que habían muerto o desaparecido por los ataques de los islotes y de Axopots como Javcomp en algún momento les externó, pero realmente eran Catums maltratadas y desterradas por él, se entristecieron tanto que indignadas fueron hasta donde se encontraba Yaru, pidiendo que les entregaran a Javcomp para escarmentarlo por las mentiras dichas respecto de las desterradas ahí muertas y de la infamia que cometió, también que les entregaran a Navi y Aksui, ya que no había razón de mantenerlos con vida, Yaru, únicamente escuchaba atenta la petición de esas ranas y con una mirada tranquila y serena les dijo que así no se había acordado en el Tlatelolt, que el acuerdo era ponerlos a observar los resultados de sus acciones y abandonarlos en el fondo del desierto para escarmentarlos y que al final los Chicls y Lombs se encargarían de ellos, las ranas al escucharla asintieron con la cabeza disculpándose y guardaron silencio retirándose, después Yaru ordenó que a los tres exlíderes los sentaran de frente a los cadáveres para que observaran, pero al momento de sentarlos. Ella vio que tenían la cabeza baja con los ojos cerrados en negativa, acto que le molestó tanto que de inmediato le pidió a TK clavar tres espinas enteras del cactus al suelo como postes tras de ellos, para atarlos por completo hasta el cuello y así mantenerlos erguidos evitando que se negaran a observar la atrocidad de sus actos, TK, de inmediato hizo lo que Ella ordenó y al acercarse al lugar a donde se encontraban los exlíderes sentados, clavó las espinas y después los amarró uno a uno con la ayuda de otras compañeras, ya que Aksui era la única que se resistía pataleando y gritando que la dejaran, después de amarrarla a ella, TK, al acercarse a Navi, este con voz cansada y entre cortada le pidió que por piedad le diera alimento y bebida por la sed y el hambre que tenía, también que lo curaran, ya que la pierna le dolía en demasía, TK al escucharlo volteó a ver a Yaru preguntándole si podía hacer eso, ella, se quedó mirando fijamente a Navi tocándose la barbilla, pensando que si le negaba lo que pedía se rebajaría a ser como él "una rana vil", después de unos momentos ella respondió que sí, que lo alimentara y lo hidratara pero no nada más a él, sino también a Javcomp y Aksui, pero de curarle la herida, eso sí nunca pasaría, TK, no tardo en ir por los alimentos y las bebidas al momento que les decía a las otras ranas que siguieran atando a Javcomp y Navi, TK, regresó con una gran porción de alimentos y líquidos, pero al darle una cápsula de alimento a Aksui, Ella la rechazo escupiéndola cerrando la boca con fuerza y entre dientes decía que no quería, comenzando a gritar ofensas a todas las ahí reunidas, pidiendo que la mataran de una vez, mientras Navi y Javcomp sin el mayor descaro se atragantaban con el alimento, que de tanto que metían a la boca con esa desesperación de hambre, se les escurría por las comisuras y pedían más de las bebidas que les daban para pasárselo todo.

Al terminar de atender a los tres prisioneros, Yaru, ordenó a las ranas levantar los cadáveres de todas las ranas muertas para trasladadas al fondo del desierto, lugar en el que se había acordado realizar los honores junto con los otros cadáveres que cayeron ahí al inicio de la Ayao, todas obedecieron la orden; había ranas que identificaban a sus compañeros que al momento de verlos se hincaban para retirarles con delicadeza los porta cosas para acomodarles sus armas en el pecho, cruzándoles los brazos encima para que estas no se cayeran y después procedían a ponerlos sobre deslizadores, los que ya no cabían en los deslizadores los separaban para acomodarlos en camillas improvisadas hechas al momento con espinas que las ranas Tatums trajeron del cactus, para trasladarlos a todos sin excepción, al terminar ese trabajo arduo y agotador Yaru ordenó a todas formar una sola fila, en la cual a la cabeza iba ella junto con TK y los demás compañeros de batalla, después, pusieron a los tres prisioneros amarrados de las manos al cuello custodiados por cuatro ranas armadas y tras de ellos pusieron a las ranas que tocarían las ocariz y los Naztliz, y posterior las ranas con los cadáveres y al último todas las demás ranas, Yaru al ver que todo estaba listo, con un ademán señaló tocar los Naztliz y Ocariz, que al momento de escucharse la música emprendieron la marcha hacia su objetivo, "el fondo del desierto", trayecto en que todo el grupo iba en silencio y que lo único que se escuchaba eran los sonidos del desierto, el océano y de los depredadores a lo lejos, de repente TK volteó a ver a Yaru, diciéndole con inquietud que, "se le hacía raro que desde que empezó la Ayao ningún islote había caído y los Chicls y Lombs bajaron sus ataques", ella, al escucharlo se sorprendió y pensativa con mirada perdida le respondió que tenía razón, que era muy raro, pero era mejor no decir nada para no alterar al grupo, TK, al escucharla solamente asintió con la cabeza y en silencio siguieron la marcha.

Al llegar al fondo del desierto, el sublíder que se quedó a resguardar los cuerpos de las ranas muertas en compañía de todo el campamento de las ranas desterradas, las cuales no participaron en el derrocamiento de los líderes, al ver que entraba al lugar la gran línea de ranas dirigida por Yaru, comenzaron a ovacionarlos con gran alegría y emoción, y al ver a los tres exlíderes exclamaron "los tiranos cayeron y ahora ya eran libres", Yaru, al ver al sublíder se acercó a él agradeciendo con señas por haber cuidado los cuerpos de las caídas, pidiéndole que junto con las compañeras desterradas ayudaran a las ranas que traían a las demás acomodarlos junto con las que ya estaban acomodadas en filas, dejando un espacio al centro para colocar ahí a los tres exlíderes, el sublíder acatando la orden al momento les pidió a las compañeras desterradas que ayudaran, mientras él comenzaba a clavar las espinas al suelo, para atar a los tres prisioneros nuevamente hasta el cuello, pero ahora espalada con espalda, después, Yaru se dirigió a Tona para pedirle que junto con un pequeño grupo colocaran luces rojas, azules y verdes alrededor del lugar, apostando en todos los puntos compañeras armadas para vigilar que ningún Lombs o Chicls se acerque al lugar, la noche comenzaba a caer visualizándose un cielo de un color un color diferente al normal y el viento soplaba fríamente sobre el lugar y las ranas en silencio seguían con los preparativos que estaban por terminar para honrar a los muertos.

Al terminar los preparativos Yaru, les dijo a todas las ranas que ahora se acomodaran alrededor de los cuerpos, para después ordenar tocar las ocaris acompañadas de los Naztliz las melodías tristes y alegres para así enaltecer a los muertos, Aksui, que en ese momento ya se encontraba atada hasta el cuello, al escuchar la música cerró los ojos comenzando a llorar en silencio viendo con tristeza la gran cantidad de víctimas incluidas las de su propia raza que Ella misma desterró, mientras Navi, rompía en llanto suplicando que lo perdonaran y Javcomp, seguía estoico sin decir algo al respecto, viendo con mirada fija y perdida hacia los cuerpos de los caídos sintiendo tristeza, Los Naztliz y ocaris tocaban sin cesar y todas las ranas escuchando las melodías sentadas en círculo platicaban, reían, se alimentaban y bebían recordando a las caídas, otras, se levantaban e iban hasta los cuerpos de las ranas muertas, que en algún momento en vida fueron amigos, compañeros y raza, para acomodarse a su lado y hablarles, cantarles y decirles que todo lo que ahora eran era gracias a Ellas, y así convivían con Ellas ahora como una sola raza, también, otras bailaban al ritmo de los Naztliz, lo que volvió toda una celebración en vez de luto y la reunión se extendió hasta el amanecer.

Al amanecer, Yaru les dijo que era hora de regresar y las ranas al escucharla pidieron que las dejara un momento más para seguir dando los honores a sus compañeras en silencio y así se despidieron de ellas.

Al terminar la reunión levantaron todo y acomodándose de nuevo en hilera comenzaron el trayecto en dirección al Tlatelolt, al momento de escucharse las Ocaris y Nastliz dejando atrás lentamente el fondo del desierto con los muertos y los exlíderes atados, Navi al ver la marcha rompió en llanto y con gritos y sollozos pedía que lo perdonaran, que no lo abandonaran, pero las ranas sin hacer caso a la súplica seguían caminando calladas, de pronto, Aksui comenzó a gritar llorando que mejor la mataran, que no quería morir así, gritos que también fueron en vano, ya que la última rana de la columna que lideraba Yaru, se comenzó a perder a la vista de lo lejos que ya iba, y Javcomp, únicamente tenía las mejillas húmedas del llanto en silencio, mirando en dirección al grupo que los abandonaba a su suerte, pensando que ahora estaba totalmente solo con los otros exlíderes, recorriéndole por todo el cuerpo un sentimiento de melancolía, tristeza y verdadera angustia.

El Tlatelolt de la sección cinco, se encontraba abarrotado por las ranas de las tres razas, esperando con ansiedad el momento al parecer más importante de sus vidas, el de unir las tres partes del libro, Yaru subió al balcón y al estar al frente hizo las señas a las ahí presentes de guardar silencio y calma, ordenando a TK, Gacer y Cuvor tomar la parte que les correspondía del libro y dirigirse a la mesa redonda que ya se encontraba acomodada al centro del Tlatelolt, las ranas se encontraban en total silencio y con nerviosismo veían como TK era el primero en poner en la mesa la última parte del libro, ya que la raza Catums era la que lo poseía, después siguió el turno de Cuvor, que se acercó muy inquieto con la parte media colocándola encima de la última parte, por último fue el turno de

Gacer, que al momento de ponerlo encima de las otras partes, este comenzó a juntarse y a vibrar, y muy lentamente a levitar, que dé la impresión él, TK y Cuvor, al mirar cómo se levantaba se alejaron de la mesa con miedo y todas las ranas incluidas las que estaban en el balcón observando, sorprendidas levantaron la cabeza mirando el movimiento del libro, después, el libro dejó de levitar comenzando a iluminarse de una luz de color azul muy brillosa la portada, luz que comenzaba a desprenderse poco a poco, tomando la forma de esfera, que comenzaba a girar muy a prisa emitiendo un sonido como un Shiu, shiu, shiu, ssssssssshhhhhhhhhhhhhhhh, que después detuvo su giro y a gran velocidad de forma violenta se desplazó hacia el techo del Tlatelolt traspasándolo, que las ranas al ver como se impactó en el techo y escuchar el sonido de un Booooom, saltaron hacia atrás viéndose entre sí, unas con otras muy asombradas comenzando a murmurar, Yaru, al verlas que se comenzaban a alterar, pidió que guardaran la calma, porque eso todavía no terminaba, y el libro que aún estaba suspendido en lo alto, comenzó a enderezarse quedando vertical y al estar completamente en esa posición, del lomo salió otra luz que se proyectó en la pared del Tlatelolt y en los cuerpos de las ranas que ahí se encontraban, de inmediato esas ranas se hicieron a un lado para dar paso a lo que realmente era, un holograma con inscripciones precisas que les daba instrucciones y avisaba que tenían que abandonar el planeta, porque Batum se iba a destruir por los islotes que comenzarían a caer, tenían que abandonarlo por medio de una nave espacial, que casualmente se ubicaba en lo que fue la guarida de Javcomp, previo tenían que abastecerla de alimentos y de la tecnología y ciencia que poseían y tenían poco tiempo para eso, de repente, el holograma desapareció y el libro ya sin diferenciarse que alguna vez estuvo dividido en tres partes, cayó en una sola pieza azotando fuertemente al centro de la mesa. Yaru al verlo conmocionada bajó de inmediato del balcón abriendo a todas las ranas para llegar a él, al tomar el libro llevándolo debajo del brazo llamó a TK, Cuvor y Gacer, dándoles instrucciones para la recolección y el abastecimiento de la nave, sin premura la obedecieron al instante, comenzando a llamar a todas las ranas para formarlas en filas y organizarlas para ir a sus respectivos hogares, las Catums se dirigirían a las torres para llegar a las plataformas y recolectar los huevecillos y trasladar a los Yuyus, Azcapotz y Nillas al interior de los túneles, las Yatums, encabezadas por Cuvor, se dirigirían por el túnel que conectaba el Tlatelolt con la gran piedra y Gacer a la cabeza de las Tatums por el túnel que conectaba al cactus, pero al momento en que Yaru acaba de darles esas instrucciones, posterior diciéndole a Tona que la acompañara a la cueva en donde se encontraba la nave, se escuchó un gran estallido no muy lejos de ahí, estallido que avisaba la caída del primer islote, las ranas al escucharlo pararon por un momento la formación, dejando nuevamente el Tlatelolt en silencio y explotando en pánico unas cuantas, Yaru, que todavía se encontraba ahí, caminando con Tona en dirección a la nave, volteo rápidamente a ver a TK, Cuvor y Gacer, gritándoles que se dieran prisa, de inmediato, ellos se dirigieron a las ranas para reanudar la formación gritándoles y con ademanes que se calmaran a las que entraron en pánico, pero esas no hacían caso, provocando que fuera necesario amarrarlas para apaciguarlas, mientras las demás, que se estaban en calma se formaban emprendiendo el camino hacia las torres, la gran piedra y el cactus.

Yaru, salió del Tlatelolt muy aprisa con Tona a su lado, pasando las secciones seis y siete a gran velocidad para llegar a la última habitación de la sección ocho, cuando llegaron entraron con rapidez que hasta Yaru cayó de bruces botando el libro a un costado de la entrada al pasadizo, de inmediato se levantó ayudada por Tona y al entrar al pasadizo corrieron tan aprisa que muy agitadas llegaron a la cueva en donde se encontraban los contenedores de alimento junto con la perforadora abandonada, Yaru comenzó a averiguar en los alrededores pidiéndole a Tona que le ayudara a cargar el libro, para encontrar la palanca que el holograma les describió para llegar a la nave, al fondo de la cueva Ella alcanzó a visualizar lo que buscaba, que al verla de inmediato la activó comenzando a escucharse rechinidos y sonidos de engranajes, provocando que Ella y Tona se replegaran hacia atrás con los brazos en lo alto impresionadas, la cueva comenzaba a temblar porque la enorme pared se comenzaba a desplazar hacia un lado con esfuerzo, que al irse abriendo mostraba un gran salón que las dos al verlo se quedaron boquiabiertas y al momento de estar completamente abierta, Ellas se quedaron en la entrada, viendo su interior verdaderamente impactadas, admirando lo grande que era el salón y lo pulido de sus pisos que reflejaba las luces que se encontraban en el techo y en las cuatro esquinas del piso, pero al ver que al centro del salón esas luces iluminaban a la grandiosa y también enorme nave con forma de pirámide, apoyada en magnos soportes, se hincaron observándola fijamente sin emitir comentario alguno, a lo que tenían de frente a Ellas, "la nave".

Yaru y Tona se acercaron con rapidez a la nave y sigilosamente la exploraban con mirada de asombro, inquietud y sorpresa, fue entonces que Yaru le dijo a Tona que fuera investigar los alrededores del salón para verificar que todo estuviera fuera de peligro y si encontraba algo extraño le avisara, mientras, Ella buscaba lo que Tona ya había encontrado, "la cerradura de la nave que tenía forma del libro, que se encontraba en un pedestal oculto en una de las esquinas del salón", Tona, al verlo le gritó a Yaru para que se acercará ansiando que había encontrado algo extraño, Yaru, al llegar a donde se encontraba Ella, distinguió la cerradura y de inmediato descansó el libro sobre ella, al instante el libro fue absorbido completamente por el pedestal, el cual se sumergía lentamente al suelo desapareciendo por completo, provocando que la nave iluminara sus cuatro caras escalonadas de un color fluorescente azulado, en eso, Yaru comenzó impresionada a caminar alrededor de la pirámide, notando atenta los dibujos que comenzaban a mostrar las cuatro caras, en la primera revelaba un espiral, que al parecer era la entrada a la nave porque comenzaba a bajar lentamente mostrando el interior oscuro, en la segunda, advertía una rana pequeña en posición fetal, en la tercera varias ranas erguidas con la cabeza levantada mirando hacia arriba con los brazos pegados al cuerpo, en la cuarta varias ranas tomadas por las manos haciendo un círculo, después de ver los dibujos, Yaru se quedó muy pensativa, preguntándose ¿qué sería todo eso, qué es realmente lo que está pasando? Después, ella y Tona se pusieron al frente de la pirámide, impresionadas a lo que la nave automáticamente seguía realizando, la nave comenzaba abrir otra de las caras que eran varias compuertas que enseñaban los compartimentos de carga en donde deberían de poner el alimento, insectos, la ciencia y tecnología, de pronto, del pedestal salió otro holograma indicándoles que el cuarto de control se encontraba hasta la punta y para llegar a él tenían que subir al ducto que se encontraba dentro de la pirámide en el centro de esta, de repente, TK, entró corriendo a la cueva y al dirigirse al salón donde se encontraba la nave, al verla, dé la impresión bajó la velocidad e impactado la comenzó a mirar fijamente sin parpadear caminando tranquilamente, que al momento de dirigirse a Yaru, le decía distraído que los Azcapotz, las Nillas y los Yuyus no podían entrar a la cueva por la habitación, ya que la entrada era demasiado angosta, de inmediato, Ella salió del salón con Tona y él atrás en dirección a la habitación, al llegar, Yaru notó que efectivamente era muy estrecha la entrada y pensativa en ese instante pidió a una rana Tatums que se encontraba ahí que trajera una perforadora portátil, para romper la pared de la entrada a la habitación, la rana de inmediato se fue en dirección al Tltelolt a toda velocidad, en donde ya se encontraban la mayoría Tatums, pero durante el trayecto tuvo que esquivar la gran hilera de insectos y de ranas que ya estaban amontonándose en el pasillo, esperando ansiosas entrar a la cueva, Yaru, permanecía inmóvil sin decir palabra alguna, únicamente pensando en todo lo que sucedía, de repente, llego una rana Catums a decirle espantada a gritos que un islote había caído muy cerca de la torre de la sección cuatro, y que los insectos de ese islote y las líneas carnudas de los árboles estaban arremetiendo masivamente a las ranas que se encontraban ahí en la recolección, Yaru, seguía escuchando pensativa y nerviosa lo que la rana decía y volteó a ver a TK, solicitándole que armara a un grupo de ranas para ir a defender esa torre y apoyar a las ranas en la recolección, de inmediato él, comenzó a llamar voluntarias, dirigiéndose a las ahí reunidas y juntó a un gran grupo de varias Catums, Tatums y Yatums, que sin titubear se dirigieron a gran velocidad y dificultad a la torre, sorteando el caos que iniciaba en el pasillo de los túneles por el aglutinamiento y desesperación de las ranas que esperaban entrar a la cueva, TK, al salir al techo de la torre con el grupo, observó que varios insectos acechaban y atacaban a las recolectoras que defendían férreamente el preciado cargamento de huevecillos e insectos que arreaban, él, junto con el grupo que llevaba de inmediato tomaron varios Yuyus y elevándose muy aprisa emprendieron a repeler el ataque disparando varias Macuas especiales, que por las prisas no lograron empotrar, provocando que los insectos se fueran por algunos minutos, tiempo suficiente para que las recolectoras llevaran los huevecillos, Yuyus, Azcapotz y Nillas a la torre, de repente, se escuchó otro estruendo de un islote que caía muy cercano a la torre de la sección ocho, TK, al verlo y haber logrado la disipación de los insectos de la sección cuatro, se dirigió en un santiamén a esa torre dividiendo al grupo que encabezaba en cuatro, con el fin de seguir cuidando y repeliendo algún ataque, pero ahora de las sección cuatro y ocho, TK, ya sin mayor problema, al evitar con ataques previos que se acercaran los atacantes y junto con los cuatro grupos, cuidaron en todo momento que todas las recolectoras y el cargamento llegaran a las torres sin tener más bajas, con disparos en todas direcciones que seguían realizando.

Mientras en la gran piedra, Cuvor, junto con las Yatums luchaban en contra de Chicls y Lombs, que con rapidez se adentraban a la gran piedra huyendo de los depredadores de los islotes que ya se encontraban asediando completamente el exterior, él, al ver que eran demasiados se comenzó a preocupar, diciendo a las ranas que se apresuraran con los contenedores llenos del químico MIX, además de otros químicos que eran parte de su ciencia, Cuvor seguía dando indicaciones de sortear a los Chicls ya sin dispararles por la gran cantidad que eran y estos no los atacaban, únicamente huían para no ser comidos por los insectos del exterior, de repente un Lombs, de gran tamaño se abalanzó hacia donde se encontraba él, pero el Lombs, únicamente se quedó quieto en busca de protección porque los insectos comenzaban a mostrar un apetito feroz al llevar entre sus garras varios Chicls, ranas y uno que otro Lombs pequeño, Cuvor de inmediato al ver eso ordeno a las ranas que cargaban los recipientes fueran las primeras a entrar al túnel para regresar al Tlatelolt, mientras, él atrás de ellas juntaba a las demás que seguían repeliendo el ataque, que ya no era en contra de los Chicls, ni de los Lombs, era de los insectos que ya estaban infestando el interior, Cuvor seguía muy agitado gritando que se apuraran y desafortunadamente al ver que las ranas que se encontraban en la parte superior de la gran piedra no tenían escapatoria, dio la orden de abandonar el fondo diciéndoles a las que ahí se encontraban que fueran de inmediato al túnel para regresar, pero algunas le dijeron que no que faltaban las demás, Cuvor, alterado les gritó que ya no era posible, que ya tenían todo, que ya era hora huir, porque tenían que destruir la entrada al túnel, las ranas obedecieron y al momento de estar en el túnel, Cuvor, les dijo que usaran el químico para demoler la entrada y así evitar que se propagaran los atacantes, al instante unas ranas vertieron un químico en las paredes de la entrada, provocando que se comenzaran a derretir, viendo con gran tristeza como las que se quedaron seguían luchando de forma estoica despidiéndose de ellos.

Mientras Gacer en el cactus, supervisaba en la entrada al túnel a las Tatums que regresaban al Tlatelolt con toda la tecnología, instante, en que una rana llegó a él muy agitada, diciéndole que el líquido del océano se encontraba a corta distancia de la entrada al cactus, Gacer, al escucharla, de inmediato les dijo que se apresuraran a entrar al túnel, desplazándose a gran velocidad a la entrada del cactus que al momento de llegar, notó que no nada más estaba acercándose el líquido, sino delante de este venían Chicls y Lombs huyendo, tanto del líquido, como de los insectos y las líneas carnudas de los árboles del islote que se encontraban en las alturas asediándolos, de inmediato él, les dijo a unas ranas que llevaran una perforadora de túnel para ponerla en la entrada y así parar por algunos momentos la entrada de los depredadores y el líquido al cactus y de regresó al túnel aprovechó para llevarse a todas las ranas que aún estaban juntando las cosas, diciéndoles que las dejaran, que ya llevaban una mayoría de la tecnología, que esas ya no importaban, de repente comenzó a entrar el líquido y él espantado les dijo a todas que ya no había tiempo, que se fueran todas al túnel, entonces una de Ellas le dijo que todavía había ranas en las habitaciones del cactus, Gacer, volteó a verla diciéndole que ya era demasiado tarde, que todas las que alcanzaran a llegar al túnel se salvarían, Gacer, al llegar al túnel comenzó a gritarles que se apuraran ordenándoles a otras que al estar todas las que alcanzaran a llegar, demolieran la entrada con las perforadoras portátiles que llevaban, en el preciso momento en que se comenzaba a escuchar ruidos ensordecedores a fuera del cactus que parecían de insectos que trataban de quitar la perforadora y ver como un chorro del líquido entraba al salón.

Yaru y Tona, se encontraban observando la demolición de la entrada de la habitación con los nervios de punta, ya que eso estaba siendo dificultoso y tardado, además de que se comenzaban a escuchar muchos estruendos de islotes que estaban cayendo, Cuvor al llegar al Tlatelolt, con el que ahora ya era el pequeño grupo sanos y salvos preguntó por qué seguían ahí a las que se encontraban todavía en el Tlatelolt, de inmediato una Catums se acercó a él diciéndole que al parecer había problemas para entrar a donde se encontraba la nave, Cuvor, al escucharla volteo a ver a unas ranas diciéndoles que lo acompañaran a dicha habitación trayendo consigo un contenedor del líquido que usaron para derretir la entrada al túnel, él y las ranas al llegar con dificultades a la habitación, vio a Yaru y Tona que con cara de desesperación ayudaban a las Tatums con las perforadoras portátiles rompiendo la entrada, fue entonces que Cuvor le dijo a Yaru que se apartaran, ya que iban a rociar con el líquido toda la habitación, al momento de rociarlo la habitación comenzó a derretirse con rapidez abriendo camino al pasadizo que de igual forma era muy angosto y Cuvor con apoyo de las Tatums y Yatums, rociaron nuevamente el líquido, pero ahora en las paredes del pasadizo y con la ayuda de las perforadoras lo agrandaron fácilmente a la medida justa para que entraran los Yuyus, Azcapots y Nillas, en eso, Yaru volteo a ver a Cuvor diciéndole que él se encargaría de organizar la entrada a la cueva, y que una vez dentro mantenerlos ahí hasta recibir la indicación de cargar y abordar la nave, en tanto, ella se desplazaba al salón para entrar a la nave con Tona y al entrar vieron que todo el interior se encontraba iluminado y al centro el ducto transparente que el holograma les describió, y al mirar alrededor notaron en las paredes varias escaleras empotradas que llegaban hasta la punta, escaleras que conectaban a un sinfín de cápsulas al igual pegadas a las paredes, Yaru, con un ademán le pidió a Tona que juntas se acercaran al ducto, pero al dar algunos pasos en sigilo no se percataron que pisaron un cuadro en el suelo, que de inmediato hizo que se iluminaran las cápsulas por dentro, después, salió otro holograma que indicaba que las cápsulas eran para los sobrevivientes, y el primer compartimiento de carga era para los Yuyus, Azcapotz, Nillas con los contenedores de alimento que se encontraban en la cueva, en el segundo para la túnel para regresar, pero algunas le dijeron que no que faltaban las demás, Cuvor, alterado les gritó que ya no era posible, que ya tenían todo, que ya era hora huir, porque tenían que destruir la entrada al túnel, las ranas obedecieron y al momento de estar en el túnel, Cuvor, les dijo que usaran el químico para demoler la entrada y así evitar que se propagaran los atacantes, al instante unas ranas vertieron un químico en las paredes de la entrada, provocando que se comenzaran a derretir, viendo con gran tristeza como las que se quedaron seguían luchando de forma estoica despidiéndose de ellos.

Mientras Gacer en el cactus, supervisaba en la entrada al túnel a las Tatums que regresaban al Tlatelolt con toda la tecnología, instante, en que una rana llegó a él muy agitada, diciéndole que el líquido del océano se encontraba a corta distancia de la entrada al cactus, Gacer, al escucharla, de inmediato les dijo que se apresuraran a entrar al túnel, desplazándose a gran velocidad a la entrada del cactus que al momento de llegar, notó que no nada más estaba acercándose el líquido, sino delante de este venían Chicls y Lombs huyendo, tanto del líquido, como de los insectos y las líneas carnudas de los árboles del islote que se encontraban en las alturas asediándolos, de inmediato él, les dijo a unas ranas que llevaran una perforadora de túnel para ponerla en la entrada y así parar por algunos momentos la entrada de los depredadores y el líquido al cactus y de regresó al túnel aprovechó para llevarse a todas las ranas que aún estaban juntando las cosas, diciéndoles que las dejaran, que ya llevaban una mayoría de la tecnología, que esas ya no importaban, de repente comenzó a entrar el líquido y él espantado les dijo a todas que ya no había tiempo, que se fueran todas al túnel, entonces una de Ellas le dijo que todavía había ranas en las habitaciones del cactus, Gacer, volteó a verla diciéndole que ya era demasiado tarde, que todas las que alcanzaran a llegar al túnel se salvarían, Gacer, al llegar al túnel comenzó a gritarles que se apuraran ordenándoles a otras que al estar todas las que alcanzaran a llegar, demolieran la entrada con las perforadoras portátiles que llevaban, en el preciso momento en que se comenzaba a escuchar ruidos ensordecedores a fuera del cactus que parecían de insectos que trataban de quitar la perforadora y ver como un chorro del líquido entraba al salón.

Yaru y Tona, se encontraban observando la demolición de la entrada de la habitación con los nervios de punta, ya que eso estaba siendo dificultoso y tardado, además de que se comenzaban a escuchar muchos estruendos de islotes que estaban cayendo, Cuvor al llegar al Tlatelolt, con el que ahora ya era el pequeño grupo sanos y salvos preguntó por qué seguían ahí a las que se encontraban todavía en el Tlatelolt, de inmediato una Catums se acercó a él diciéndole que al parecer había problemas para entrar a donde se encontraba la nave, Cuvor, al escucharla volteo a ver a unas ranas diciéndoles que lo acompañaran a dicha habitación trayendo consigo un contenedor del líquido que usaron para derretir la entrada al túnel, él y las ranas al llegar con dificultades a la habitación, vio a Yaru y Tona que con cara de desesperación ayudaban a las Tatums con las perforadoras portátiles rompiendo la entrada, fue entonces que Cuvor le dijo a Yaru que se apartaran, ya que iban a rociar con el líquido toda la habitación, al momento de rociarlo la habitación comenzó a derretirse con rapidez abriendo camino al pasadizo que de igual forma era muy angosto y Cuvor con apoyo de las Tatums y Yatums, rociaron nuevamente el líquido, pero ahora en las paredes del pasadizo y con la ayuda de las perforadoras lo agrandaron fácilmente a la medida justa para que entraran los Yuyus, Azcapots y Nillas, en eso, Yaru volteo a ver a Cuvor diciéndole que él se encargaría de organizar la entrada a la cueva, y que una vez dentro mantenerlos ahí hasta recibir la indicación de cargar y abordar la nave, en tanto, ella se desplazaba al salón para entrar a la nave con Tona y al entrar vieron que todo el interior se encontraba iluminado y al centro el ducto transparente que el holograma les describió, y al mirar alrededor notaron en las paredes varias escaleras empotradas que llegaban hasta la punta, escaleras que conectaban a un sinfín de cápsulas al igual pegadas a las paredes, Yaru, con un ademán le pidió a Tona que juntas se acercaran al ducto, pero al dar algunos pasos en sigilo no se percataron que pisaron un cuadro en el suelo, que de inmediato hizo que se iluminaran las cápsulas por dentro, después, salió otro holograma que indicaba que las cápsulas eran para los sobrevivientes, y el primer compartimiento de carga era para los Yuyus, Azcapotz, Nillas con los contenedores de alimento que se encontraban en la cueva, en el segundo para la ciencia y en el tercero la tecnología, Yaru, al ver lo que el holograma indicaba, volteo a ver a Tona pidiéndole que fuera a avisarle a Cuvor las instrucciones que el holograma señalaba, mientras Ella seguía examinando el interior de la nave.

TK, seguía repeliendo los insectos y líneas carnudas de los árboles del islote, junto con otros tres grupos montados en Yuyus y al notar que en las torres se encontraban fuera de peligro las ranas con el cargamento, fue avisando una por una que pusieran barricadas en las entradas para evitar que las líneas e insectos se introdujeran.

Mientras tanto, Gacer ya a salvo en el Tlatelolt con la tecnología y junto con el pequeño grupo que logró sobrevivir en el Cactus, ordenaba la demolición de los dos túneles, no sin antes asegurarse que Cuvor y ninguna rana se encontraran dentro, primero el que conectaba al cactus y segundo el que conectaba a la gran piedra, porque el líquido verdoso del océano comenzaba a correr poco a poco sobre los pasillos revelando que la gran piedra y el cactus se estaban inundando y Gacer, únicamente inmóvil miraba con tristeza el túnel que alguna vez conectó a su hogar "el Cactus" cayendo frente a él, y así, él y los demás que se encontraban aún en el Tlatelolt se dirigieron de inmediato al salón donde se encontraba la nave.

Por otra parte, Cuvor con la ayuda de Tlanezi y Caret, iniciaban por el aviso de Tona la entrada al salón, ordenando a las ranas poner los contenedores e insectos, la ciencia y la tecnología en los compartimentos tal y como lo indicó el holograma, mientras Yaru junto con Tona guiaban a las ranas que ya estaban listas introducirse en las cápsulas, todo era demasiado aprisa, que incluso había ranas peleando entre sí para entrar a la nave y otras peleando para ser las primeras en entrar a las cápsulas, acciones que sin darse cuenta entorpecían y atrasaban el abordaje, Yaru, al ver ese comportamiento le pidió a Tona que se armara y pusiera orden en las filas, de inmediato Ella tomó una Macua con varios arpones y fue por Tlanezi y Caret para que la apoyaran a contener el caos que esas ranas estaban provocando tanto fuera como adentro de la nave.

TK y Gacer, entraban al mismo tiempo a la cueva revisando que en el salón, pasillo y túneles no se encontrara rana alguna y al constatar que efectivamente no las había, llamaron a varias para demoler los túneles del salón de reuniones y esclavitud de Javcomp y a otras, para demoler lo que antes fuera la última habitación de la sección ocho, porque al igual que en los túneles del Tlatelolt, sobre el piso de la cueva se comenzaba a ver rastros del líquido verde olivo del océano, dando a entender que la gran piedra y el cactus estaban por completo inundados.

Gacer y TK, al ver concluida la demolición, se dirigieron al salón en donde se encontraba la nave diciendo en vos alta a las ranas que seguían cargando algunos contenedores de alimento que se apresuraran, porque no aguantarían por mucho tiempo las barreras que hicieron con la demolición, que en ese instante se abrió un pequeño hueco en una de Ellas, hueco que dejó pasar un gran chorro de líquido que al instante TK y Gacer al verlo corrieron asustados hacia donde se encontraban esas ranas que cargaban ya pocos de los contenedores de alimento para ayudarlos, y al entrar al salón donde se encontraba la gran fila de ranas abordando, TK, dejó a Gacer con las ranas y los contenedores, diciéndole que le avisara a Cuvor lo que estaba ocurriendo, mientras se dirigía a donde se encontraba Yaru, para avisarle que el líquido ya estaba entrando a la cueva a borbotones, pero durante el trayecto, vio que Tona, Caret y Tlanezi tenían dificultades con algunas pasajeras violentas, que al momento se detuvo tomando una Macua que estaba a su costado y disparo en dirección de esas ranas y asentándole a una un arpón en la pierna les ordeno en tono molesto que se comportaran y se formaran para abordar la nave, ya que el líquido estaba entrando a la cueva, Tona, Tlanezi y Caret al ver lo que TK había hecho no dudaron en apuntarles con las Macuas, acción que hizo que esas ranas únicamente levantaran los brazos y obedecieran la orden de TK, llevándose consigo a la rana herida.

TK, llegó a donde se encontraba Yaru y con voz emocionada y de susto le dijo agitadamente que estaba entrando mucho líquido a la cueva, que era el momento de apresurar la partida, Yaru, que seguía entretenida con las pasajeras para entrar a las cápsulas, volteo a ver a TK, pidiéndole que la acompañara fuera de la nave para avisar a todas lo que estaba sucediendo y se apresuraran.

Yaru y TK, al salir de la nave y pararse frente a toda la multitud de ranas y mientras veían como seguían los trabajos, Ella llamó a Tona, Tlanezi, Caret, Cuvor, Gacer y Quetz, para darles nuevas indicaciones, llegaron a prisa a donde se encontraba ella y TK, preguntando qué era lo que estaba pasando, Ella, al escucharlos les dijo que dejaran de cargar la nave y ahora se aseguraran que todas las ranas subieran y ocuparan de inmediato las cápsulas y sin titubear ellos regresaron a donde se encontraba toda la multitud y desde atrás comenzaron a decirles que subieran a la nave, incluidas las que estaban aún cargando.

La nave se abarrotó en segundos y algunas ranas en pánico desobedeciendo su turno, impedían a otras que trataban de entrar a las cápsulas para entrar Ellas, Yaru, nuevamente al ver el desorden pidió a los compañeros de batalla que se armaran, pero ahora con la orden de disparar para contener el desorden y la multitud, pero en el preciso momento en que TK y Gacer hacían lo que ella ordenó, se escucharon más estallidos, pero esta vez como si hubieran caído varios islotes sobre ellos, provocando con su caída que el salón y la cueva se cimbraran reciamente y el techo se comenzará a cuartear acompañado de crujidos, permitiendo que el líquido comenzará a escurrir por esas grietas al interior del salón y ellos, al tratar de equilibrarse por el movimiento, cayeron bruscamente al suelo, mirando como el líquido ingresaba con gran fuerza a la cueva, inundándola rápidamente a una velocidad vertiginosa, que poco a poco el líquido comenzaba a llegar al piso en donde se encontraban las ranas y la nave, que al momento de ver como se acercaba el líquido comenzaron a retroceder espantadas, empujando a las que aún se encontraban abordando la nave, también, uno de los magnos soportes de la nave comenzó a rechinar y a desplazarse hacia un lado, provocando que se comenzara a ladear la nave, fue entonces que Yaru junto con TK y Gacer, gritaba que todos abordaran de inmediato, pero Cuvor al escuchar lo que ella acababa de decir, salió a toda prisa para verificar que los compartimentos de carga estuvieran cerrados y asegurados, pero al llegar vio como las puertas de carga se cerraban automáticamente y de las esquinas de la pirámide comenzaban a tintinear luces rojas, al parecer anunciando que la nave por si sola se preparaba para despegar, y él, impactado miraba como las puertas al cerrarse por completo dejó dentro de los compartimentos a varias ranas y otras que trataron de salir las mató pariéndolas a la mitad al cerrarse por completo, él, de la impresión de ver lo que acababa de ocurrir, regresó muy alterado al interior de la nave, ya sin importarle empujar a las que aún seguían abordando, en el recorrido vio que también en los costados de la entrada comenzaban a tintinear más luces rojas parecidas a las de las puertas de carga, él, al momento de comenzar a gritar que todas entraran a la nave, la puerta de la entrada empezaba a levantarse lentamente para cerrarse y Yaru al verla se quedó inmóvil al igual que todas las ranas que ya se encontraban dentro, presenciando con escalofríos la desesperación, el aglutinamiento y empujones violentos de las que aún afuera trataban de entrar, pero la puerta no paraba y seguía subiendo y las ranas que se encontraban encima de Ella por la inercia del movimiento las mandó rodando al interior de la nave y Cuvor, con otras trataba de ayudar a subir a algunas que quedaban colgadas, pero eran tantas que les fue imposible salvarlas a todas.

Cuvor ya adentro, veía junto con las sobrevivientes como se cerraba y sellaba la puerta y Yaru conmocionada volvió a reunir a TK, Gacer, Tona, Caret, Tlanezi y Cuvor, a gritos, para indicarles que ayudaran a las pasajeras entrar a las cápsulas y una por una supervisada por ellos entraba a la cápsula, la cual, al cerrarse herméticamente se veía por medio de una ventanilla redonda en la tapa, la emanación de un gas que las ponía a dormir al instante, como si estuvieran en hibernación.

Al terminar de supervisar que todas entraran a las cápsulas, tocaba el turno de ellos, pero Yaru interrumpió en el momento en que TK, ayudado por Gacer se introducía a una, diciéndoles que no, que ellos subirían junto con ella a la cabina de mando, se dirigieron al ducto que al estar todos dentro, este comenzó a elevar una plataforma que los guiaba hasta la punta de la pirámide, al llegar, automáticamente se abrió una puerta que al momento de atravesarla, vieron con asombro hologramas que rodeaban todo el pequeño cuarto, realizando movimientos que eran instrucciones, como la de ocupar los asientos y prepararse para el despegue y así lo hicieron, ocuparon los asientos y ya sentados, salió un holograma enfrente de ellos mostrando un mapa con los cuatro planetas y los soles, además de otro diagrama mostrando la parte interna y externa de la pirámide, describiendo las cápsulas con los ocupantes y como de la base comenzaban a salir luces blancas avisando que los motores comenzaban su ignición, que hacía temblar por completo la nave y a sus tripulantes, pero los pasajeros ya no sentían esos movimientos porque ya estaban dormidos, los únicos que sentían eran los que se encontraban en la cabina de mando, porque aún estaban consientes sentados y asegurados presenciando y sintiendo los movimientos de la nave, mirando con sorpresa como cambiaban los hologramas rápidamente sus descripciones, que al instante de desaparecer comenzó a salir debajo de los asientos el mismo gas que durmió a las pasajeras, pero ahora para dormirlos a ellos, además de salir cubiertas que comenzaban a envolverlos, para dejarlos en una cápsula parecida a las de las pasajeras.

Afuera de la nave, el líquido había traspasado por completo las barreras empezando a inundar por completo la cueva y el techo se colapsaba en grandes pedazos dejando pasar la gran presión del líquido, las ranas que no lograron subir a la nave, nadaban tratando de sobrevivir aferrándose a la pirámide, gritando desesperadamente que no las abandonaran, mientras los trozos del techo caían encima de ellas ahogándolas, al momento de sumergirlas al fondo del líquido que subía y subía su nivel y la cueva que alguna vez fue la guarida de Javcomp y parte del hogar de las Catums, quedó sumergida en su totalidad dejando solamente los rastros inmóviles de cadáveres flotando y de otras cayendo al fondo con trozos de techo encima, llevándose con gran fuerza todo lo que se encontraba a su paso, la nave, que yacía por completo sumergida empezaba a elevarse muy lentamente, mostrando debajo de ella el crujir y la luz de sus motores, abriendo a su paso los escombros, que eran obstáculos flotando a su alrededor, después, al seguir elevándose, de la punta salió una luz en forma de rayo de color azul, que traspasó en cuestión de segundos por completo el océano que ya había devorado todo a su paso, para llegar al cielo que al impactarse en él hizo que se abriera en círculo mostrando la oscuridad del espacio, la nave, seguía elevándose emergiendo totalmente del océano, abandonando atrás las ruinas hundidas y los depredadores de los islotes que se daban un festín que nunca habían tenido, porque el océano, no nada más había inundado los túneles, las torres, el cactus y la gran piedra, sino que ya no se veía lo que alguna vez fue el desierto rojizo, ahora era toda devastación con islotes cayendo sin cesar.

La nave, con el rugir de sus motores seguía elevándose, de repente, paró su marcha permaneciendo estática y suspendida en las alturas, como si admirara majestuosamente lo que ocurría sobre el planeta, después, comenzó a girar lentamente en su propio eje, haciendo que ya no se viera por la velocidad que alcanzó poco a poco su giro, escuchándose un sonido como un shiuu, shiuuu, shiuuuuuu, para dar paso a un Booooooooom, que anunció el despegue, porque al instante desapareció del lugar en el que se encontraba, viéndose únicamente una luz que abandonaba el planeta a una velocidad incalculable.

Y así, comenzó el viaje sin retorno para las tres razas de ranas que lograron sobrevivir a la catástrofe, sin saber qué era lo que les esperaba dejando atrás el Planeta Batum, que comenzaba a fragmentarse para después destruirse por completo en una fuerte explosión que iluminó ese espacio frío y oscuro...

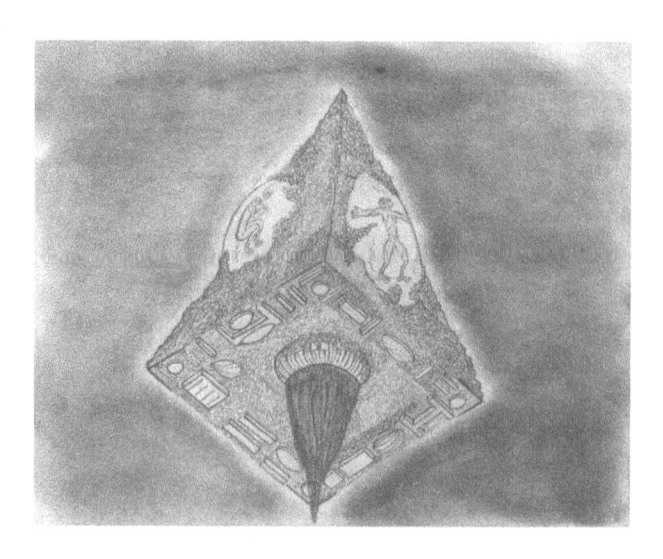

Nave de escape (Batum)

CAPÍTULO

IV

Los planetas

Cepa

La nave, seguía a gran velocidad el curso de la ruta trazada, en dirección al primer planeta de nombre Cepa, el cual estaba formado de hielo y a velocidad de la luz la pirámide pasó por encima de uno de los dos soles que alguna vez proporcionó calor y luz a Batum. Los ocupantes, sin estar al tanto de lo que la nave realizaba, seguían inertes dentro de las cápsulas, con los ductos que después de quedar dormidos se insertaron automáticamente al pecho, brazos, piernas, nuca y espina dorsal, ductos por donde recibían el alimento en estado líquido, procedente del compartimento de carga en el que depositaron los contenedores de cápsulas de comida e insectos, pero a pesar de ir dormidos, en momentos algunos las ranas abrían los ojos inconscientemente por los sueños que tenían y otras por los movimientos bruscos que en instantes la nave ejecutaba y así, seguía viajando solitaria recorriendo el espacio.

Después de un largo camino, se visualizó a lo lejos al planeta Cepa, que la nave al tenerlo ya muy cercano comenzó a bajar la velocidad y al estar totalmente de frente a él detuvo con rapidez el curso, alineándose lentamente para ingresar a su atmosfera, que era muy densa por las grandes tormentas de nieve que constantemente se formaban de la nada, y ya alineada confirmó el lugar exacto para posarse, empezando a descender pesadamente sobre una explanada rodeada de picachos de diferentes tamaños, tamaños colosales que incluso el más pequeño era del tamaño de la pirámide, la explanada, era el único lugar sin obstáculos y la nave al estar a poca distancia de ella, comenzó a desplegar los soportes que se extendían trabajosamente en cada una de las esquinas de su base y con calma, ya extendidos la colosal nave descansó con delicadeza sobre el piso frío y resbaladizo, que al momento botaba a los lados con gran fuerza pequeños trozos de hielo acompañados de vapor por el calor del motor que los derretía, que al estar completamente estática se apagó, mientras tanto, adentro de la cabina de mando, los asientos comenzaban a emerger lentamente del piso desconectando los ductos de alimento al mismo tiempo, retirando las cubiertas que protegió a sus ocupantes durante el largo viaje, Yaru, TK, Gacer, Cuvor, Tlanezi, Caret y Tona, se despertaron al escuchar los sonidos que la consola de control comenzaba hacer, cansados y agobiados del largo sueño y al no saber qué era lo que les deparaba el destino, volteaban a los lados inquietos tratando de identificar lo que pasaba, mirándose entre ellos con extrañeza sus cuerpos, al notar que ya portaban uniformes con cascos en forma de animales, después, de un rato al estar conscientes vieron un holograma que se comenzó a mostrar frente a ellos, Yaru, fue la primera en levantarse con dificultad del asiento y al preguntar cómo se encontraban y sin obtener respuesta se dirigió hacia el holograma, tratando de identificar la información que mostraba, los demás, al ver el movimiento que Yaru hacía, al igual que ella con dificultad se levantaron de los asientos, siguiéndola lentamente para postrarse detrás de ella mirando con curiosidad y preguntando en qué lugar se encontraban y ella, únicamente les respondió que guardaran silencio, porque en ese momento el holograma describía al planeta, además, del lugar en que se encontraban, que al terminar de describirlo este comenzó a mostrar de nueva cuenta instrucciones concisas de buscar combustible para abastecer la nave y así seguir su viaje que aún no terminaba, "apenas comenzaba", mostrando el mapa de la ubicación de donde se encontraba y tenían que hacerlo de prisa, ya que en el planeta la luz duraba poco tiempo y los habitantes eran depredadores que cazaban de día, pero principalmente de noche, sin más demora, al momento de que desaparecieron los hologramas, bajaron aprisa de la cabina de mando a través del ducto y durante el trayecto, observaban en todas direcciones con curiosidad, notando el entorno iluminado y en silencio y a las pasajeras como aún seguían dormidas dentro de las cápsulas, al llegar al piso, el ducto abrió la puerta y la primera en salir de él fue Yaru, que al pisar el suelo, al unísono se oyeron muchos sonidos de mecanismos actuando, sonidos que eran de los seguros de las cápsulas de las pasajeras abriéndose, que mostraban de igual forma a las ranas comenzando a despertar, viéndose entre ellas sorprendidas al notar como ya traían puestos los uniformes con los cascos y las que ya se encontraban listas, descendieron por las escaleras con premura para llegar a donde se encontraban Yaru y los demás, Yaru, en silencio y pensativa nada más los veía bajar de las cápsulas y aprovechaba para preguntarles si estaban bien, las pasajeras, sin emitir palabra alguna solamente señalaban asintiendo con la cabeza, seguido de esto, cuando todas las pasajeras se encontraban fuera de las cápsulas, la puerta de la nave comenzó abrirse, escuchándose los sonidos de engranajes de como descendía, que lentamente dejaba pasar la luz del día que comenzaba a iluminar por completo el interior de la nave, provocando que las ranas se taparan los ojos por el gran resplandor de la luz que les pegaba en la cara, mostrando también el exterior de un paisaje frío con ventiscas de hielo que se estrellaban en los picachos.

    Yaru comenzó a reunirlas para dar las indicaciones de lo que tenían que hacer en ese planeta y llamando a los compañeros de batalla, juntos salían a la explanada con movimientos cuidadosos y precavidos, volteando en todas direcciones para prevenir algún peligro que se pudiera suscitar, al estar todos afuera de la nave, Yaru, pidió un arpón para dibujar el mapa descrito por el holograma sobre el suelo, llamando al centro principalmente a TK, señalándole que él conduciría la expedición junto con Gacer, y él, frotándose el cuello sin emitir cuestión alguna, asentía con la cabeza sin despegar la mirada a Gacer, viendo lo que ella dibujaba sobre el suelo, después Yaru, llamó a Cuvor, pidiéndole que fuera con algunas ranas a los compartimentos de carga para que lo ayudasen a bajar las perforadoras portátiles y los deslizadores que TK y el grupo de expedición usarían para transportarse y ella al terminar de explicar las instrucciones, llamó por último a Tona y Caret, indicándoles que ellas serían las encargadas del grupo que vigilaría los alrededores.

Picachos Fríos

Cuvor, al llegar a los compartimentos que ya estaban abiertos, miraba con tristeza los cadáveres de las ranas que durante la huida de Batum, quedaron atrapadas dentro de ellos, también, con sorpresa miraba como los ductos que alimentaron a todos en la nave se desconectaban de los contenedores de comida que ya estaban vacíos, lo que despertó curiosidad en él, porque ahora, ¿de qué se alimentarían?, quedando únicamente los Yuyus, Azcapots y Nillas, que seguían vivos, pero adormecidos aún, de inmediato él pidió a las ayudantes bajar las perforadoras portátiles, los deslizadores y a otras que bajaran los cadáveres de las ranas para ponerlas en la explanada; mientras tanto Tona y Caret apostaban ranas armadas en todo alrededor de la explanada y en los cuatro lados de la nave, incrustando luces al suelo por si eran necesarias, incluso, mandaron a algunas vigilantes a escalar los picachos que también rodeaban la explanada y TK y Gacer, en silencio y muy nerviosos hacían los preparativos de la expedición colocando sobre los deslizadores armas, arpones, escudos, alimento, y bebidas que Cuvor también les llevó, junto con el equipo de trabajo, Yaru, seguía pensativa, llena de inquietud y nerviosismo, dando vueltas de un lugar a otro, dando instrucciones a las demás ranas de apoyar a las que ya estaban trabajando, después, ella llamó al numeroso grupo de ranas que acompañarían en la expedición a TK y Gacer por separado, para advertirles que fueran muy cuidadosas durante la expedición y que obedecieran y acataran en todo momento lo que TK y Gacer les indicarían, ya que el camino sería corto, pero a la vez peligroso por lo accidentado del lugar y que el trabajo en equipo sería la única forma de salir con bien de esa expedición, pero principalmente del planeta, que de ellas dependía el triunfo de la misión, las ranas, que estaban entre mezcladas de Tatums, Yatums y Catums, escuchaban lo que Yaru les decía en silencio muy nerviosas y angustiadas aceptando las recomendaciones.

TK y Gacer, al momento de estar listos mandaron la señal de emprender el camino hacia el picacho más alto que Yaru les dibujo sobre el suelo, el cual deberían de escalar hasta su parte media para perforarlo y así llegar hasta el combustible, TK y Gacer, iban sobre un deslizador que pusieron a la cabeza de varios más que hacían una fila, que después de comenzar su marcha con ademanes se despedían de Yaru y Cuvor, ordenándole a la fila no atrasarse, fila que se fue perdiendo de vista a la mirada de ellos, por lo lejos que ya iban entre las ventiscas de aire frío que soplaban con fuerza.

TK y Gacer, con los cuerpos titiriteando por el frío, trataban con dificultades no perder el camino, ya que entre más se adentraban las ventiscas arreciaban con más fuerza, provocando que los protectores de ojos que eran parte del uniforme se opacaran por el vapor que sus cuerpos despedían, Gacer, en momentos volteaba a ver a las demás compañeras en señal de cuidado, que de igual forma avanzaban con dificultades en los deslizadores sobre lo accidentado del camino.

Después de un largo recorrido las ventiscas calmaron, lo que logró que TK y Gacer vieran a lo lejos un puente de hielo que los enlazaba al borde de un picacho, sobre una fosa que a corta distancia se veía realmente profundo y oscuro, ellos, al ver el puente indicaron parar la marcha y enseguida TK bajó del deslizador y pidiendo una luz se fue acercando apresurado a la fosa, que al asomarse notó que efectivamente esta era muy oscura, tan oscura que por más que él movía la luz para ver el fondo este no se notaba, después de unos breves instantes de observar la fosa y los alrededores, él llamó a Gacer, quien al igual pidió una luz y cuidadosamente se acercó a donde se encontraba y los dos comenzaron a ver el fondo y los alrededores cuestionándose si sería buena idea seguir por el puente, ya que el picacho al que se dirigían por el combustible se visualizaba detrás de este, pero después de algunos momentos de hablar y hacer ademanes, los dos tomaron la decisión de seguir el camino indicado y regresaron a donde se encontraba el grupo de exploración para decirles que seguirían de frente, ya que Yaru en ningún momento les mencionó algo respecto del puente, por lo que se les hacía dudoso ir por ahí, y al momento de continuar con la marcha una rana Tatums les dijo que si ese puente estaba ahí era por algo, era para que cruzarán y acortaran el camino, que mejor continuaran por ahí, pero TK, al escucharla volteó a verla con gesto de disgusto diciéndole que no, que ese no era el plan y que seguirían al pie de la letra las instrucciones que Yaru les proporcionó, pero otra rana haciéndole segunda a la Tatums interrumpió a TK, diciendo que sería mejor que se dividieran en dos grupos, para ir por los dos caminos y fue cuando Gacer, intervino diciéndoles que no, que era mejor seguir por donde iban y de repente otras ranas se acercaron a ellos muy belicosas gritándoles que ellas apoyaban esa idea y que si se irían por el puente sin importar lo que ellos indicarán, pero cuando el ambiente se estaba poniendo violento y se advertía un intento de motín, TK, levanto los brazos moviéndolos en señal de calmar los ánimos, argumentándoles que si ellas querían irse por ahí, que se fueran, pero bajo su propio riesgo y que no las detendrían, entonces, las ranas al escucharlo se calmaron y se separaron del grupo haciendo un grupo muy pequeño que en su mayoría eran Tatums, Gacer, al ser de esa raza y al verlas de inmediato se aproximó a TK, pidiéndole que lo dejara ir con ellas para acompañarlas, pero TK, le contestó que no, pero que si él quería ir no lo detendría, Gacer, bajó la cabeza al escucharlo de forma apenada, respondiéndole que si él no lo dejaba ir, que entonces no iría, y así las ranas que desobedecieron la advertencia de TK se acercaron al puente y la que se puso a la cabeza, volteo a ver a las demás Tatums, pidiéndoles que los acompañaran, pero ellas no hicieron caso, solamente se replegaron sin deshacer la línea que Gacer y TK seguían encabezando, mirándose entre ellas y la rana al no recibir respuesta alguna de las Tatums ordenó al pequeño grupo que encabezaba cruzar sobre los deslizadores con el equipo el puente, TK, Gacer y las demás únicamente se quedaron observándolas muy tristes sin decir palabra alguna, pero en el preciso momento, en que el primer deslizador llegó al otro extremo, la rana que organizó que cruzarán volteo a donde se encontraba TK, comenzando a gritar en un tono burlón que en el gran picacho las esperaban, pero cuando la rana gritaba eso, el puente empezaba a cuartearse y pedazos de él comenzaron a caer al vacío y las ranas que aún se encontraban sobre él cruzando, al ver las cuarteaduras y como se colapsaba, asustadas bajaron apresuradas de los deslizadores corriendo, pero fue demasiado tarde, ya que el puente colapsó en su totalidad, mandando al abismo a más de la mitad de ese pequeño grupo con todo y los deslizadores y equipo, quedando solamente las que ya habían cruzado, TK y Gacer al ver como se resquebrajaba el puente y comenzaban a caer, gritaban que corrieran más aprisa, pero después de eso únicamente se quedaron inmóviles sumamente espantados, gritándoles después a las ranas sobrevivientes, "que siguieran el camino, que si bien les iba se verían en el picacho" y estas que aún seguían conmocionadas por lo que acababa de suceder, solamente levantaron los brazos en señal de entendimiento y con miedo y ojos llorosos asintieron con la cabeza y continuaron a hora por un nuevo camino que se perdía rápidamente a la vista de Gacer, TK y las demás, toda vez que seguía en curva.

TK, Gacer, y las acompañantes sin emitir palabra alguna continuaron la marcha sobre un camino ya despejado y reluciente, platicando, empujándose y jugando a la vez.

Después, de haber dejado atrás el puente colapsado, encontraron sobre el camino una cactácea de color verde muy frondosa que tenía muchos brazos, que en algunas de sus partes se aplanaban dejando una forma ovalada con frutos redondeados que estaban cubiertos por pequeñas espinas, frutos parecidos a las cactáceas que había esparcidas en el desierto de Batum, con las que las desterradas se alimentaban, TK, al verla paro al instante el deslizador, elevando el brazo y cerrando el puño avisando que pararan las demás, Gacer, al ir distraído y sentir la mano que TK le puso sobre el pecho en señal de aviso, le preguntó sorprendido, " ¿por qué paramos?" y TK, con el ademan de guardar silencio señaló el cactus, de inmediato, una rana de la fila al ver los frutos del cactus bajó del deslizador al instante y corriendo hacia él gritaba que extrañaba la comida de Batum, pero TK, al verla alejarse del grupo en dirección al cactus, comenzó a gritarle que no se acercara, ya que ese cactus no estaba descrito en las instrucciones, pero la rana sin hacer caso, llegó hasta él arrancando de inmediato uno de los frutos, que comenzó a devorar desesperadamente y volteando a ver a TK con cara de alegría decía que no pasaba nada y que estaba deliciosa y las demás al verla hicieron lo mismo, corriendo al igual que ella en dirección al cactus con la misma intención de también comer los frutos, pero en el momento preciso en que se acercaban, el cactus con los brazos que tenía en los costados se movieron rápidamente capturando a la rana, para después llevarla a su boca que lentamente se comenzaba a mostrar en la parte central al momento de abrirse, exponiendo unos dientes filosos como agujas, revelando un fondo rojo negruzco, posterior a esto, los brazos la llevaron hasta la boca metiéndola con violencia, una boca que comenzaba a masticarla lentamente y la rana, ya sin salvación gritaba que la ayudaran, viéndose un espectáculo aterrador y escuchándose gritos desesperados que la rana después emitió por el dolor que le causaban los dientes al triturarla, gritos que se fueron apagando conforme el cactus la masticaba y engullía, las ranas que estuvieron a punto de entrar al área del cactus, al ver como este se deleitaba con su presa pararon en seco y mirando como el cactus se la tragaba, comenzaron a caminar despacio hacia atrás, de regreso a donde se encontraban las demás, porque de pronto del cactus se comenzaban a despegar de los brazos y del cuerpo pequeños bichos de forma ovalada que bajaban hacia el suelo en dirección de las ranas que todavía ahí se encontraban, y las ranas ya sin caminar, al verlos, se voltearon con rapidez para emprender la huida corriendo, TK y Gacer, al notar que los bichos llegaban al piso mandaron la orden a las que se quedaron con ellos de tomar las armas y disparar, porque estos ya comenzaban arrastrarse sobre él y los arpones y las púas que salían de las armas se incrustaban en los cuerpos de algunos, que al recibirlos lanzaban sonidos muy agudos de dolor y muerte, pero era imposible pararlos ya que se contabilizaban en grandes cantidades y las ranas que huían del cactus, al llegar sanas y salvas a donde se encontraban las demás sin titubear también se armaron para apoyar a las que seguían disparando, TK, muy nervioso y asustado les dijo que subieran a los deslizadores para huir sin dejar de disparar y mientras él continuaba repeliendo a los bichos, las ranas que ya estaban sobre los deslizadores le gritaron a él y a las otras que se apresuraran a subir, siendo TK el último en subir, toda vez que no dejaba de disparar y vigilar que todas estuvieran a salvo y ahora desde los deslizadores seguían disparando sin parar y así lograron a gran velocidad salir de ese lugar, que incluso por la premura de la huida no se percataron que se adentraron a un lago de líquido transparente, congelado nada más de la superficie formando un piso resbaladizo, del cual en el fondo habitaba otro animal depredador de gran tamaño, que al sentir como se desplazaban las ranas en los deslizadores sobre el piso, de inmediato salió de su escondite, TK, Gacer y las demás seguían huyendo de los bichos sin darse cuenta que el animal se aproximaba a la superficie por donde ellas iban pasando para golpear el piso, porque seguían concentradas disparando y huyendo de los bichos que aún las perseguían, que todavía a lo lejos se veían en gran cantidad moviéndose en dirección a ellas, de repente, el animal del lago llegó hasta la superficie dando un fuerte golpe con violencia a la capa de hielo que cubría el lago, provocando que las ranas al escucharlo se asustaran aún más, toda vez que el animal con el golpe logro romper una pequeña parte del piso, haciendo que los deslizadores que venían hasta atrás de la fila se movieran de un lado a otro, provocando que algunas ranas cayeran del deslizador, todo era tan rápido que al instante esas ranas lograron con esfuerzo subir nuevamente a los deslizadores que seguían aún andando, TK, al voltear a ver lo que acababa de ocurrir alcanzó a ver al animal como se impulsaba nuevamente para golpear el piso y lanzó un grito de guardar la calma, indicando que se apresuraran, ya que el animal de nueva cuenta iba a golpear el piso, las ranas al escucharlo se separaron a los lados haciendo dos filas acelerando más los deslizadores, para distraer al animal por el fuerte golpe que volvía a ejecutar, las ranas, iban tan alteradas y con los nervios de punta, ya que por un lado huían de los bichos y por el otro del animal que ya había logrado romper con gran fuerza gran parte del piso y las ranas que no estaban disparando, al verlo y escuchar el estruendoso sonido de ruptura, tomaron las Macuas especiales y al empotrarlas comenzaron a disparar al igual que TK y las demás, y así seguían huyendo, pero el animal enorme que se arrastraba ya sobre el piso, no se dio cuenta que detrás de él venia todo el enjambre de bichos del cactus, las ranas, seguían huyendo tan de prisa que al pasar el lago congelado, al momento bajaron de los deslizadores que seguían andando, con las armas listas y equipo listo que arrojaron al piso, y TK, al instante daba la indicación de formar una línea con las Macuas especiales para repeler al animal que seguía arrastrándose hacia ellos, de inmediato las ranas obedecieron la indicación haciendo la línea y otras poniéndose detrás de ellas comenzaban a abastecerlas de arpones, TK, a gran velocidad se dirigió muy aprisa a un deslizador que tenía provisiones de alimento, en el que Cuvor le dijo que ahí pondría el recipiente con veneno del cactus de Batum, por si era necesario usarlo, TK, al encontrarlo lo tomó y aceleradamente se dirigió atrás de la línea de las disparadoras para darles a las abastecedoras el veneno, no sin antes indicarles que lo untaran en los arpones de las Macuas, trabajo que hacían bien organizadas y muy aprisa ya que el animal se acercaba rápidamente y cuando el animal estaba a poca distancia de ellos obedeciendo la señal de TK, comenzaron a disparar sin detenimiento ráfagas de arpones que se incrustaban en la cara del animal, pero la gran cantidad de arpones no lo detenían, entonces, TK mandó de nueva cuenta la orden de disparar, pero ahora todos los arpones con el veneno en dirección a los ojos del animal, de nueva cuenta salieron a gran velocidad los arpones que formaron una gran nube negra que bajó a toda velocidad hacia los ojos del animal y al momento de incrustarse en ellos lograron que el animal derrapara por un instante lanzando aullidos estridentes de dolor, haciendo movimientos desesperados tratando de quitarse los arpones, para después hacerse hacia atrás en huida y sin darse cuenta que en esa parte ya no había piso, cayó dentro de lago, TK al verlo caer, mandó la indicación a las ranas de parar por algunos momentos los disparos, pero al ver que los bichos se acercaban nadando sobre el lago en la parte que el animal rompió, de nueva cuenta TK y ahora Gacer, decían que era mejor huir, pero en el momento en que el animal se precipitaba al fondo del lago, los bichos se sumergieron llegando a él, comenzando a devorarlo al instante, dejando solamente el esqueleto del animal limpio.

El ataque

TK y Gacer, al ver como los bichos se sumergían en el lago, sintieron alivio y ordenaron con tranquilidad al grupo seguir, ya faltaba muy poco para llegar al combustible, pero una rana les insistió en descansar, a lo que TK, le dijo que se acomodara en el deslizador y que más adelante descansarían cuando ya estuvieran en el picacho.

Después de un breve recorrido llegaron a un pequeño picacho que conectaba con la parte media del picacho en donde se encontraba el combustible, por medio de una cornisa muy angosta, de una pared imposible de escalar, TK y Gacer, pararon la marcha y llamaron a todo el grupo, para idear la forma de cruzar la cornisa con las perforadoras portátiles separando al grupo en dos, con la finalidad de que unas se quedarían a cuidar los deslizadores y el equipo, también para prevenir algún inconveniente que se llegara a presentar y esperar a las ranas que cruzaron el puente, mientras las otras irían con TK y Gacer.

Las ranas para poder cruzar la cornisa, se amarraron en las manos y pies puntas de arpones y púas y a la cintura las perforadoras portátiles y las Macuas especiales y así se pegaron a la pared de la cornisa comenzando a cruzar lentamente, TK, les decía que no miraran hacia abajo, ya que eso les provocaría vértigo de la altura a la que se encontraban, pero Gacer, sin atender la recomendación, por un momento bajó la mirada y fijó la vista al fondo, lo que indujo que se asustara y se tambaleara provocando que se despegará de la pared y trastabillara, momento en que cayó logrando afianzarse nada más con una mano de la orilla de la cornisa, entonces TK, volteó por el ruido que hizo y agarrándolo de la mano logró con dificultad subirlo de nueva cuenta a la cornisa.

La perforación

Al pasar la cornisa, TK le señalo a Gacer y a las acompañantes el punto exacto que deberían de perforar de acuerdo a las instrucciones, mientras tanto las ranas que se quedaron del otro lado solamente veían a lo lejos la perforación, caminando de un lado a otro, TK, Gacer y las demás después de un breve tiempo de estar perforando la parte media del picacho, se abrió una cueva con un camino que estaba iluminado por luces de color amarillo, empotradas en las paredes, TK al verlas, con duda les dijo que tomaran las Macuas Especiales y las tuvieran listas por si algún peligro se llegase a presentar, y así comenzaron a caminar muy alertas con pasos cuidadosos, no tardaron mucho en llegar a una enorme cámara que estaba iluminada por el resplandor emanado del combustible, que estaba en forma de bloque sólido en medio de la cámara, TK y Gacer fueron los primeros en entrar y acercarse a él, diciendo a las demás que esperaran, y al ver el bloque de combustible se quedaron pasmados e impresionados por su resplandor y aún más cuando notaron a un costado, un contenedor enorme de carga con ruedas soportado sobre unos rieles que conducían a un túnel, que este conectaba hasta la explana en donde se encontraba la nave, fue entonces que TK, le dijo a Gacer que avisara a las demás que entraran para comenzar a trabajar, pero él, al escucharlo de inmediato se rascó la cabeza y titubeando un poco le preguntó a TK que si todo esto estaba en las instrucciones que Yaru le dio, que a estas alturas todo ya le era muy raro, a lo que él respondió que sí, asintiendo con la cabeza, y así las ranas que se quedaron esperando entraron por indicación de Gacer rápidamente y comenzaron ya sin recibir instrucciones, a cortar el enorme bloque de combustible y otras a cargar el contenedor con los trozos de este que las demás ya habían cortado, dando a entender que ya sabían que hacer, lo que sorprendió a TK y Gacer, el contenedor que en su parte media frontal tenía una cabina cuadrada con varias ventanillas y una enorme consola de controles al parecer de mando, lo estaban llenando muy aprisa, que incluso las cargadoras terminaron el trabajo rápido por lo bien que se habían organizado ellas mismas, que al momento de finalizarlo, TK y Gacer les indicaron a todas sin excepción que se subieran a la cabina sin importar que fueran apretujados, entonces, una rana les preguntó a ellos por las que se quedaron del otro lado de la cornisa del picacho, ¿qué pasará con ellas?, a lo que TK respondió, que al llegar a la nave les avisaría a Yaru y Cuvor que regresen por ellas, que ya les sería más fácil, ya que les iban a decir por donde ir más seguros y ya sin más premura y al notar que todo estaba en orden, aventaron las perforadoras y las armas dentro del contenedor subiéndose a la cabina, que al momento de estar todas a bordo, los controles de mando se activaron por si solos, sorprendiéndolas a todas porque el contenedor al instante comenzaba a moverse lentamente hacia la entrada del túnel, que al momento de estar ahí paró por unos momentos preparándose para bajar, toda vez que los rieles se inclinaban muy agudamente hacia abajo, entonces, fue que el contenedor se movió brevemente y posterior a esto, comenzó a bajar a una gran velocidad, haciendo que todas cerrarán los ojos muy asustadas gritando y abrazándose entre ellas por la sensación y el vértigo que la velocidad les provocaba al deslizarse hacia abajo subiendo y bajando onduladamente.

La cueva

Mientras tanto, las ranas que lograron sobrevivir al derrumbe del puente, seguían caminando ya muy agotadas, diciendo entre ellas que a lo mejor estaban perdidas y lo más triste es que aún no se percataban que el camino sobre el que iban las regresaría al mismo lugar en donde se encontraba el puente que se derrumbó, ya que este rodeaba lo que antes fuera un colosal picacho, que nada más había quedado parte de su base y en ocasiones las ranas veían la cercanía del gran picacho del combustible y en otras su lejanía.

En la nave, Yaru y Cuvor, se encontraban descansando después de ser relevados por Tona y Caret de la guardia que les tocó hacer, tomando bebidas y alimentos, platicando entre ellos preguntándose que ojalá TK, Gacer y las acompañantes no hayan tenido algún problema y hayan tenido éxito, de repente, una rana que estaba custodiando los alrededores de la parte trasera de la nave, comenzó a escuchar los ruidos de las perforadoras que mandaban escombros hacia los lados de la pared del picacho que estaba enfrente, fue entonces que la rana primero se asustó tomando con fuerza la Macua que tenía ajustada a su brazo apuntando, pero después, hizo cara de alegría al ver que de esa pared derrumbada salían TK, Gacer y las demás y con premura corrió hacia donde se encontraban Cuvor y Yaru, gritando que TK y Gacer, habían regresado, Yaru y Cuvor al escucharla con tono de enojo le dijeron que no estuviera bromeando, ya que ellos se hubieran dado cuenta al estar de frente al camino por el que se fueron, entonces la rana le respondió que no estaba bromeando, que ya habían llegado, pero por la parte posterior de la nave y Yaru y Cuvor, al instante se levantaron como resorte y se dirigieron hacia donde ellos según ya se encontraban, TK, al ver a Yaru, al instante corrió a su encuentro diciéndole muy emocionado que dentro del túnel por el que salieron, está el enorme contenedor cargado del combustible, entonces, Cuvor al mirar que eran pocas las que regresaron, lo interrumpió preguntándole por las demás, entonces TK, al escucharlo bajo la cabeza con mirada triste respondiéndole que los pormenores se los daría después, que ahora era más importante cargar la nave con el combustible e ir por las compañeras que se quedaron con los deslizadores del otro lado de la cornisa en la entrada a la cueva, al instante sin hacer más preguntas, Yaru al terminar de escucharlo, volteó a decirle a Cuvor, que de inmediato organizará una expedición para ir por las que se quedaron, pero TK, nuevamente interrumpió para decirle de los peligros que el camino tenía y que fueran con cuidado para evitar otro percance y él asintiendo con la cabeza se enfocó a escucharlo dirigiéndose a la nave para reunir al grupo de ranas, que estaban descansando después de acomodar en línea sobre el piso de la explanada, a las compañeras que murieron en los compartimentos de carga de la nave y Yaru, volteando a ver a TK, Gacer y las demás, dijo que por lo pronto se fueran a la nave a descansar sin preocuparse, para refrescarse y alimentarse, ya que se veían muy agotados, y ellos sin más se fueron a la nave, mientras ella se quedaba ahí a organizar la descarga del contenedor, comenzando a adentrarse por el boquete abierto en la pared del picacho, para llegar a lugar donde estaba el contenedor con el combustible, acompañada de algunas ranas que de inmediato formaron una línea desde el contenedor hasta donde se encontraba el ducto en donde depositaran el combustible de la nave, empezando a pasar los trozos de mano en mano, mientras, Cuvor con la expedición ya no se visualizaban sobre el camino, que TK y Gacer tomaron para ir en busca del combustible, de lo lejos que ya iban.

Después de un largo rato, Yaru, que caminaba de un lugar a otro muy preocupada, con los brazos hacia atrás y las manos entre lazadas, se preguntaba ¿porque tardará Cuvor?, ¿pasaría algo?, "espero que no", y TK, en ese momento se acercó a ella preguntándole ¿Por qué estás preocupada?, a lo que ella respondió que ya era muy tarde y que Cuvor no había regresado aún y además ya estaba empezando a oscurecerse, él, le respondió que no se preocupará, que Cuvor sabía muy bien lo que hacía y mejor se relajará.

Después, el planeta comenzó a oscurecerse, acompañado de ruidos y rugidos de animales que a lo lejos se escuchaban sorprendiendo a todos y Yaru, que seguía muy impaciente e intranquila, seguía dando vueltas con la cabeza hacia abajo pensando en organizar otra expedición para ir en busca de Cuvor, toda vez que aún no se sabía nada de él y las expedicionarias y TK, al terminar de platicar los acontecimientos que se suscitaron durante la búsqueda del combustible, una rana muy alterada bajó del picacho en el que se encontraba vigilando, dirigiéndose a Caret que se encontraba en la explanada, diciendo que a lo lejos se visualizaba una línea de luces que se acercaba rápidamente, que al parecer era Cuvor, entonces Caret, se dirigió a donde se encontraba Yaru muy de prisa, gritando durante el trayecto que Cuvor estaba regresando, y las ranas que se encontraban ahí dejaban de hacer lo que hacían y Yaru y TK al escucharla salieron de la nave, que en ese preciso momento comenzaba a encender las luces rojas y a cerrar los compartimentos de carga, luces que de nueva cuenta avisaban que la nave se preparaba para despegar, Yaru y TK, al escuchar los ruidos que la nave hacía y ver las luces que se prendían intermitentemente, gritaban sobre la explanada a todas que comenzaran a abordarla, mientras, seguían apretando el paso al encuentro de Cuvor y las que venían con él, Cuvor, al verlos a lo lejos aproximarse con alegría levantó el brazo en señal de saludo, pero al notar como corrían con desesperación hacia él, gritando despavoridamente que dejaran todo y corrieran a la nave, él, volteó hacia atrás dando la orden a la fila de dejar los deslizadores y corrieran a toda velocidad a la nave, ya que se estaba preparando para despegar y las ranas sin detenimiento bajaron de los deslizadores y así lo hicieron, corrieron muy aprisa llegando muy agitadas, pero sin parar hasta dónde venían Yaru y TK, que ahora comenzaban a correr todas juntas sin detenimiento hacia la nave, que ya comenzaba a elevar la puerta de entrada, y Caret y Tona, que esperaban ahí paradas sobre la puerta, gritaban con gran desesperación que se apuraran, que no pararan; que incluso Yaru y TK, al llegar se quedaron atrás de todo el grupo, procurando que todas sin falta subieran y al momento de asegurarse que la última rana estaba abordada, ellos treparon tranquilamente al momento que la puerta ya estaba elevada a poca distancia del piso, siendo ayudados por Caret y Tona, que al estar adentro sanos y salvos, la nave por fin se cerró por completo, que al pasar algunos momentos empezó a elevarse lentamente, las ranas que seguían caminando en círculo sobre el colosal picacho, al notar el resplandor de la nave en las alturas, se entristecieron y se hincaron lamentándose y llorando, pidiendo con los brazos hacia arriba que no las dejaran, gritos y llanto que las pasajeras en la nave nunca escucharían, ya que iban en su interior nuevamente dormidas, y siguieron observando con nostalgia, angustia y tristeza como la nave comenzaba a girar rápidamente sobre su eje, para después salir hacia el espacio a gran velocidad en forma de rayo de luz, emitiendo el sonido de la gran explosión que su motor hizo, dejando atrás al planeta y abandonando a las ranas que seguían hincadas e inmóviles mirando únicamente la estela de luz que la nave dejó por unos momentos dibujada en la atmósfera del planeta al salir al espacio.

El abandono

Cactus

La nave, que en el espacio comenzaba a alinearse lentamente, se preparaba para activar la potencia de su motor hacia su nuevo destino, "el planeta cactus", un planeta que era un desierto compuesto en su totalidad de rocas y arena roja, con cactáceas de gran tamaño esparcidas en todos los rincones y lugares, habitado por insectos de diferentes tipos, principalmente de tres que eran de gran tamaño. La nave, después de haber realizado un largo viaje por ese espacio oscuro, desolado y frío, ya alineada bajaba muy lentamente a través de la atmósfera del planeta con sus soportes desplegados, para descansar sobre el piso, que al momento de hacerlo la potencia de su motor levantaba grandes cantidades polvo, arrojando con fuerza rocas de diferentes tamaños que ahí se encontraban sueltas, y al estar estática sobre el piso, apagó su motor y posterior se abrió la enorme compuerta que bajaba lentamente para dar paso a las pasajeras, que al salir ya con diferentes uniformes, de inmediato ya sin recibir instrucciones algunas rodearon la nave, para vigilar los alrededores comenzaba a encender las luces rojas y a cerrar los compartimentos de carga, luces que de nueva cuenta avisaban que la nave se preparaba para despegar, Yaru y TK, al escuchar los ruidos que la nave hacía y ver las luces que se prendían intermitentemente, gritaban sobre la explanada a todas que comenzaran a abordarla, mientras, seguían apretando el paso al encuentro de Cuvor y las que venían con él, Cuvor, al verlos a lo lejos aproximarse con alegría levantó el brazo en señal de saludo, pero al notar como corrían con desesperación hacia él, gritando despavoridamente que dejaran todo y corrieran a la nave, él, volteó hacia atrás dando la orden a la fila de dejar los deslizadores y corrieran a toda velocidad a la nave, ya que se estaba preparando para despegar y las ranas sin detenimiento bajaron de los deslizadores y así lo hicieron, corrieron muy aprisa llegando muy agitadas, pero sin parar hasta dónde venían Yaru y TK, que ahora comenzaban a correr todas juntas sin detenimiento hacia la nave, que ya comenzaba a elevar la puerta de entrada, y Caret y Tona, que esperaban ahí paradas sobre la puerta, gritaban con gran desesperación que se apuraran, que no pararan; que incluso Yaru y TK, al llegar se quedaron atrás de todo el grupo, procurando que todas sin falta subieran y al momento de asegurarse que la última rana estaba abordada, ellos treparon tranquilamente al momento que la puerta ya estaba elevada a poca distancia del piso, siendo ayudados por Caret y Tona, que al estar adentro sanos y salvos, la nave por fin se cerró por completo, que al pasar algunos momentos empezó a elevarse lentamente, las ranas que seguían caminando en círculo sobre el colosal picacho, al notar el resplandor de la nave en las alturas, se entristecieron y se hincaron lamentándose y llorando, pidiendo con los brazos hacia arriba que no las dejaran, gritos y llanto que las pasajeras en la nave nunca escucharían, ya que iban en su interior nuevamente dormidas, y siguieron observando con nostalgia, angustia y tristeza como la nave comenzaba a girar rápidamente sobre su eje, para después salir hacia el espacio a gran velocidad en forma de rayo de luz, emitiendo el sonido de la gran explosión que su motor hizo, dejando atrás al planeta y abandonando a las ranas que seguían hincadas e inmóviles mirando únicamente la estela de luz que la nave dejó por unos momentos dibujada en la atmósfera del planeta al salir al espacio.

El abandono

Cactus

La nave, que en el espacio comenzaba a alinearse lentamente, se preparaba para activar la potencia de su motor hacia su nuevo destino, "el planeta cactus", un planeta que era un desierto compuesto en su totalidad de rocas y arena roja, con cactáceas de gran tamaño esparcidas en todos los rincones y lugares, habitado por insectos de diferentes tipos, principalmente de tres que eran de gran tamaño. La nave, después de haber realizado un largo viaje por ese espacio oscuro, desolado y frío, ya alineada bajaba muy lentamente a través de la atmósfera del planeta con sus soportes desplegados, para descansar sobre el piso, que al momento de hacerlo la potencia de su motor levantaba grandes cantidades polvo, arrojando con fuerza rocas de diferentes tamaños que ahí se encontraban sueltas, y al estar estática sobre el piso, apagó su motor y posterior se abrió la enorme compuerta que bajaba lentamente para dar paso a las pasajeras, que al salir ya con diferentes uniformes, de inmediato ya sin recibir instrucciones algunas rodearon la nave, para vigilar los alrededores junto a Tona y Caret, otras se dirigieron a los compartimentos de carga acompañadas de Cuvor, que al llegar ahí, notaron cómo los ductos de alimento se guardaban por sí solos en sus sitios y de cómo los Yuyus, Azcapots y Nillas, ya no estaban en el lugar en donde fueron acomodados, dando entender que ya habían sido utilizados como alimento también, Yaru, que de nueva cuenta llamaba a los compañeros de batalla para organizarlos y darles las instrucciones de la misión, pero ahora de buscar y abastecer la nave de alimento, dibujaba sobre el piso un mapa que mostraba los lugares a los que tenían que ir, lugares en donde encontrarían lo que los hologramas mostraron, pero Tona interrumpió a Yaru, preguntándole si había algún plan, a lo que ella contestó que no, que el holograma únicamente mostró los lugares y las guaridas de los insectos a los que tenían que llegar, pero Cuvor que de igual forma la interrumpió al preguntarle -¿cuántas ranas se iban a necesitar para la misión?-, seguía rascándose con duda el mentón y ella le contestó que iban a necesitar a la mayoría, porque tenían que cargar los huevecillos de los insectos, además de un gusano que el holograma indicó cazar, él, al escuchar la respuesta de ella, únicamente asintió con cabeza mirando fijamente al mapa, para después ir a organizar a las ranas que se quedarían al resguardo de la nave.

Yaru, que ahora encabezaba al grupo de expedición con TK y Gacer, al ver que ya se encontraban todos listos con el equipo y protegidos con los uniformes que ahora eran túnicas largas que evitaban que el calor que azotaba al planeta los agotara y máscaras que impedían que las tormentas de arena les obstruyeran la visión, levantó el brazo en señal de iniciar la caminata, comenzando a desplazarse en dirección a un cactus que estaba muy cercano a ellos, que evidenciaba por su color opaco que ahí se encontraba lo que buscaban y mirando en todas direcciones muy atentas, llegaron a él sin problema, al lugar en donde se encontraba un gusano parecido al Lombs que habitó en Batum, que a diferencia de este, el de ahí era de gran tamaño y lo tenían que sacar de debajo de la raíz de ese cactus para poder cazarlo.

Al llegar al cactus, Yaru junto con Cuvor, llamaron a los compañeros de batalla, indicando que hicieran un círculo para desarrollar el plan de capturar al gusano, consistente en hacer una zanja a corta distancia de la entrada de la guarida de este y después taparlo con los restos de un cactus muerto que ahí se encontraba y una vez tapado, unas ranas tenían que escalar el cactus para estar atentas y atacar por arriba sobre la entrada de la guarida, en el momento exacto en que el gusano salga y para lograr eso, una rana se tendría que introducir a la guarida para atraer la atención del gusano y salga al exterior y al tenerlo afuera atacarlo por otras ranas que se pondrían a los lados de la salida con las Macuas especiales, para forzarlo a caer en la trampa, "era el plan perfecto", que al unísono externaron al terminar de elaborarlo, al terminar de hacer la zanja y cubrirla con los restos del cactus muerto, las ranas tomaron las posiciones asignadas y TK, que fue la rana que voluntariamente se propuso para atraer al gusano, entraba a la guarida caminando muy nervioso, sobre un camino oscuro y sucio, con una luz que con dificultades iluminaba el entorno y la Macua ajustada al antebrazo lista para ser usada, él, seguía caminando despacio y atento, sin dejar de observar meticulosamente en todas direcciones el lugar por donde transitaba, listo para actuar si se encontraba con algún inconveniente.

Después de un breve trayecto, TK por fin, visualizó un enorme gusano, que al parecer por los sonidos que hacía en ese momento se estaba alimentando, y acercándose a él, cuidadosamente apagó la luz y después con la Macua lista apuntó justo en la parte trasera del cuerpo y al dispararla el sonido que hizo, espantó al gusano obligándolo a voltear ya con un arpón incrustado en la cola, que al penetrarle cuerpo, este lanzó un grito lleno de dolor y al ver a TK, comenzó a perseguirlo, pero él, ya Se había adelantado a la huida, corriendo a toda velocidad trastabillando durante el camino, toda vez que la luz que él llevaba no la pudo encender al caérsele y todo el lugar estaba en penumbra, guiándose nada más por la pequeña luz de la entrada que a lo lejos se veía, que por la emoción y los nervios se le hacía eterna llegar hasta ella y el gusano que seguía en su persecución muy de prisa, lanzaba alaridos de dolor y enojo golpeando los lados del túnel con violencia durante el trayecto, TK, que seguía huyendo del gusano despavorido, al llegar a la salida se sintió tan aliviado, tanto que al salir, de la inercia y los nervios se aventó hacia un lado de la entrada, cayendo abruptamente gritando que el gusano venía atrás de él muy aprisa, entonces, Yaru y Cuvor, al escucharlo y viéndolo tirado sobre el suelo y al enorme gusano emergiendo a gran velocidad de su guarida muy enfurecido, rompiendo parte de la entrada, sin premura dieron la señal de disparar las Macuas, que estaban empotradas a lo largo de los costados de la entrada, que al instante lanzaron una gran cantidad de arpones, que al penetrar en el cuerpo del gusano, hicieron que este parara su marcha casi instantáneamente, dejándolo desorientado y asustado, pero ahora, más enfurecido al emitir gritos verdaderamente ensordecedores, que hasta algunas ranas se taparon los oídos por lo fuerte que se escucharon, fue entonces que Cuvor aprovecho esa oportunidad al verlo estático y disparó una luz roja hacia las alturas, que ahora era la indicación a las ranas que estaban arriba de la entrada, sujetas a las espinas del cactus de atacar, las cuales al ver la señal se soltaron al mismo tiempo, cayendo sobre el lomo del gusano que aún seguía enardecido y moviéndose con brusquedad, provocando que ahora se sacudiera de un lado a otro, tratando sin éxito de quitárselas de encima, ya que las ranas se habían afianzado firmemente a su cuerpo, de inmediato, las ranas corrieron sobre su lomo para llegarle a la cabeza y descargarle en ella todos los arpones que traían, que al momento de hacerlo, provocaron que el gusano reparara mandándolas al piso, haciendo que se golpearan con fuerza sobre él, quedando inertes desmayadas, lo que el gusano aprovechó para comenzar a huir, pero en la dirección equivocada, toda vez que iba a gran velocidad ya sin control de sus movimientos directo a la trampa, arrastrando y matando durante el trayecto a varias ranas por el peso del cuerpo, que se encontraban de frente a él disparando.

Ya en la nave, las ranas con muchas dificultades por lo grande que era, depositaban en el compartimento de carga de alimento al gusano, que con mucho trabajo lograron sacarlo de la zanja y llevaron hasta la nave arrastrando, sin olvidar, a las ranas que durante la captura murieron en el lugar, mismas que ya estaban siendo acomodadas a un lado de la nave, al terminar de depositar al gusano en el compartimento y a las ranas sobre el piso, Yaru, les pidió que descansaran para que recobraran fuerza, porque después de eso, la próxima expedición sería ir a la guarida de un insecto parecido a los Azcapots, por los huevecillos de sus crías, y así lo hicieron, obedecieron a Yaru y se acomodaron y se relajaron, que incluso aprovecharon para sacar los

Naztliz y las Ocaris, comenzando a tocar varias melodías durante el receso, mientras unas bailaban, otras se alimentaban y tomaban bebidas energéticas platicando entre ellas muy tranquilamente.

Yaru, al salir de la nave acompañada a los costados por los compañeros de batalla, llamó a todas las ranas, excepto a las vigilantes de la nave, reunirse para escuchar las instrucciones de la próxima expedición, dibujando sobre el piso el camino a la guarida del Azcapotz, indicando que para llegar al lugar en donde estos guardaban los huevecillos de sus crías, tenían que llevar la única perforadora que lograron subir a la nave durante la huida del planeta Batum, ella al terminar de dar esa y más instrucciones, le dijo a Cuvor que era su turno y él comenzó a decirles dirigiendo en especial la mirada a TK y Gacer, que después de sacar los huevecillos de la guarida de los Azcapotz, se dirigirían al primer cactus que vieran, ya que en la punta de ellos se encontraba la guarida de otro insecto llamado Mosks, un insecto volador de cuerpo largo y ojos grandes con una enorme punta en la cara que era su boca, de la cual les explicó a detalle que deberían de tener cuidado, ya que ese insecto utilizaba su boca en forma de aguijón para penetrar a su víctima y succionar sus entrañas, y al llegar al cactus tenían que escalarlo hasta la punta, para extraer los huevecillos de sus crías, ya que ahí se encontraba el nido, pero antes tenían que acampar en las inmediaciones del cactus hasta caer la noche, de acuerdo con las instrucciones del holograma, TK, escuchaba atento lo que Cuvor decía y al terminar, intervino preguntando si era necesario trasladar la máquina perforadora hasta la guarida de los Azcapotz, a lo que Cuvor con mirada fría, volteo contestándole que el holograma fue lo que indicó y en ese momento, Gacer también interrumpió preguntando si el holograma les había dado, ahora sí algún plan y Cuvor, le respondió en tono desesperado y molesto que no, que los planes los desarrollarían sobre la marcha al igual que con la cacería del gusano, que el holograma señaló únicamente lo que él y Yaru acababan de explicar.

Yaru, levanto el brazo de nueva cuenta, dando la señal a lo que ahora eran tres grandes filas de ranas, las cuales al ver que ella bajó el brazo, comenzaron a caminar lentamente, rodeadas por otras ranas que eran las encargadas de vigilar los flancos, las retaguardias y las vanguardias de esas filas y la máquina perforadora que era conducida por Gacer, también comenzaba a desplazarse pesadamente sin problema alguno, toda vez que las grandes ruedas que tenía eran suficientes para ir por ese camino muy accidentado lleno de rocas, pequeños baches y grietas, después, de un largo trayecto, tan largo que Yaru al voltear a ver la nave, está, apenas alcanzaba a verse como un pequeño punto.

Todas las ranas iban caminando muy despacio, ya que el calor que hacía en ese momento y las tormentas de arena que se formaban las atrasaban por instantes, pero eso no las detenía, ya que iban con mucha emoción y entusiasmo caminando, pero al llegar a un enorme montículo hecho de piedras de diferentes tamaños, que Cuvor al verlo, grito muy alto que pararan la marcha, comenzaron a ponerse nerviosas y algo asustadas, ya que Cuvor en ese instante recibía la noticia de las vigilantes que mando de avanzada, de que ya habían llegado a las orillas de la entrada a la guarida, entonces, él fue a buscar a Yaru, para decirle que ya habían llegado a la guarida de los Azcapotz, y Yaru al escucharlo mandó la señal a Gacer de parar, seguido Yaru, lo llamó a él, TK y Gacer, para elaborar el plan, pero antes de eso, primero le dijo a una rana de entre las filas que junto con Tona fueran a la entrada a ver los movimientos de los Azcapotz, mientras TK, Cuvor y Gacer por indicaciones de ella distribuían a más ranas en las inmediaciones del lugar en el que estaban para vigilar, y a otras que prepararan el equipo.

Tona y la rana, iban cuidadosamente caminando entre los espacios que las enormes rocas al estar juntas dejaban, de pronto, Tona puso la mano en el pecho de la acompañante, diciéndole que no se moviera, porque en ese momento pasaba junto a ellas un Azcapotz de cabeza grande y enormes tenazas, que, al verlo, se quedaron perplejas y en silencio por lo enorme que era, después de pasar de frente a ellas, Tona, con alivio le dijo a la rana que ese Azcapotz, estaba vigilando, y sin decir más palabras siguieron con precaución caminando hasta un pequeño montículo de rocas, que detrás de este se encontraba a corta distancia de la entrada y al llegar a él se escondieron por un breve momento asomándose en ocasiones con miedo al ver la gran cantidad de Azcapotz que entraban y salían de un orificio que al parecer era la entrada a su guarida, también, como varios Azcapotz de cabezas grandes se encontraban paradas sin moverse en las orillas del orificio, volteando únicamente por breves instantes a los lados moviendo sus antenas, después, de haber visto los movimientos de los Azcapotz, Tona y la rana, decidieron regresar a donde se encontraban las demás esperando las noticias, Tona al llegar, de inmediato se acercó a Yaru, diciéndole que si el plan consistía en entrar a la guarida de los Azcapotz, ese plan era imposible, porque eran demasiados, además, de que sería improbable llegar tan siquiera a la orilla de la entrada, ya que ahí se encontraban algunos de gran tamaño, con cabezas grandes y tenazas enormes, que al parecer eran los que vigilaban las inmediaciones, entonces, Yaru sorprendida al escuchar los por menores que Tona le dio, bajó la cabeza y rascándose el mentón, volteo a decirle a Cuvor, que sí, que sí iba a ser necesario hacer un túnel para poder entrar y él que escuchaba atento, de inmediato sin dudar fue a donde se encontraba Gacer con TK, avisándole que se apresurara a subir a la perforadora para moverla en dirección a la entrada de los Azcapotz, y así fue que la perforadora comenzó a moverse lentamente abriendo camino, y detrás de ella todas las ranas para protegerse, atentas con las armas listas por indicaciones de Yaru, era corto el camino, que de pronto, Cuvor con paso acelerado se adelantó para verificar el punto exacto de donde parar y al regresar con ademanes y gritos señalaba que ahí pararan, ya que se habían aproximado demasiado al lugar en donde se encontraban los Azcapotz Vigilantes, Gacer al ver los ademanes, paró la perforadora comenzando a alinear el taladro que era muy silencioso, que estaba en la parte frontal con la ayuda de unos soportes que se apoyaban sobre el suelo, que levantaba por la parte trasera a la perforadora, haciendo que la punta del taladro tocara el suelo, que al estar listo, Gacer lo encendió comenzando a moverse a gran velocidad, sacando hacia los lados los pedazos de escombro del túnel que se hacía muy rápidamente conforme avanzaba y al ir entrando las ranas que estaban ahí, ahora eran las encargadas de sacar de mano en mano esos escombros, de pronto, la perforadora que seguía de frente taladrando, a una corta distancia provocó que cayeran partes de la pared de un costado del túnel, que al caer dio paso a un resplandor de una luz tenue y bella a la mirada de las ranas, fue entonces que Gacer, paró al instante la marcha de la perforadora por los gritos y ademanes que Yaru desde abajo hacía y TK, con cuidado y el arma lista se acercó lentamente al lugar de donde salía la luz para asomarse y al hacerlo sintió en su rostro como un clima cálido y agradable le pegaba, levantando los brazos y cerrando los ojos, por lo bien que se sentía, al abrir los ojos, sorprendido notó que habían tirado parte de la pared de lo que era un enorme cuarto, el cual estaba atiborrado de huevecillos e iluminado por pequeños helechos fluorescentes que salían del techo, y lleno de emoción, él, volteó a ver a Yaru y las demás, diciendo que habían encontrado el nido y ella, con cara de alegría de inmediato le indicó a Gacer llevar de regreso la perforadora y la colocara en la entrada al túnel con su compartimento de carga abierto, para depositar ahí los huevecillos, y a Cuvor le dijo que junto con otras ranas se quedara a cuidar el interior del nido y sus inmediaciones, mientras la cadena de ranas que ya estaba formada, desde el nido hasta la salida del túnel de mano en mano comenzaban a transportar los huevecillos.

Las ranas seguían sin problema sacando los huevecillos del nido, hasta que de repente uno de los Azcapotz sigilosamente entró al nido, sin darse cuenta las ranas, en el momento preciso en que ya estaban a punto de finalizar la extracción de los huevecillos, y la vigilante que a corta distancia estaba de frente a él, sorprendida levantó la mirada para iniciar la huida, que este al verla sin darle tiempo se le abalanzó con violencia, comprimiéndola instantáneamente con sus tenazas hasta matarla y TK, que seguía concentrado sacando los huevecillos al escuchar como el Azcapotz mataba a la vigilante, de inmediato les gritó a las demás ranas, que junto con él sacaban los huevecillos que huyeran, quienes al escucharlo comenzaron a toda velocidad a correr hacia el túnel y él, que seguía clamando que salieran todas porque ya los habían descubierto, disparaba su arma al Azcapotz, que con fuerza arrojaba a la vigilante, estrellando su cuerpo ya sin vida con brusquedad sobre el suelo, después, el Azcapotz comenzaba a mover las antenas que tenía en la cabeza, dando la alarma de que en el nido había intrusos, y Cuvor, que seguía con las otras ranas vigilando el exterior del nido, al ver a TK y las demás saliendo a toda velocidad, entró junto con las vigilantes, que al momento comenzaron a disparar, y cubriendo a las ranas que aún salían y jalando a las que se quedaron inmóviles, muy espantadas por la impresión de lo que acababa de suceder, rodearon al Azcapotz, que en ese momento ya no era uno, sino varios que estaban entrando al nido muy aprisa, y TK, regresó al nido al ver que Cuvor, entraba con las demás y junto a él comenzó a disparar, diciéndole que ya era hora de salir de ahí y Cuvor, alterado le respondió que aún no, porque todavía faltaban más ranas por salir, y TK, le insistió que ya no había tiempo, que ya eran muchos los Azcapotz que estaban entrando y les sería imposible repelerlos y Cuvor, sin decir nada más, volteo a verlo resignado asintiendo con la cabeza y haciéndose hacia atrás, salieron los dos del nido, dejando a varias ranas adentro, que en ese momento ya habían sido atrapadas, Yaru, que se encontraba en el exterior junto con Gacer, acomodando los huevecillos en el compartimento de carga de la perforadora, al ver el alboroto que las ranas hacían al salir corriendo con desesperación del túnel, le dijo a Gacer que estuviera listo, por si era necesario derrumbar la entrada, mientras ella con paso acelerado regresaba al túnel para ir hasta el nido en apoyo de TK y Cuvor, pero durante el trayecto fue interceptada por las ranas que huían, diciéndole que ya no había nada que hacer, que salieran todas porque los Azcapotz ya habían llenado el nido y los estaban atacando, pero Yaru, sin hacer caso a lo que decían, con angustia siguió corriendo, tropezándose con las ranas que venían de frente, hasta que a lo lejos, alcanzó con dificultades ver a Cuvor y TK corriendo hacia ella muy aprisa, sin dejar de disparar a los Azcapotz que ya los traían muy cercanos atrás de ellos, y al momento de llegar con Yaru, al verla la jalaron violentamente diciéndole que se apresurara a correr, porque empezaron a ver con susto como de entre las paredes que se derrumbaban conforme corrían, salían más Azcapotz, y ahora, los tres muy de prisa y sin voltear corrían con desesperación hacia la entrada, dejando ranas rezagadas que al jalarlas para sacarlas estas se soltaban, externando que se quedarían para distraer a los Azcapotz, que poco a poco llenaban el túnel, pero TK y Cuvor, insistían en jalarlas diciéndoles que ninguna más debería de morir, pero ellas aferradas se seguían soltando, haciendo la seña de despedida, en el momento que las enormes tenazas de los Azcapotz las atrapaban.

GACER

Gacer, que estaba con angustia dando vueltas de un lugar a otro, observando como las ranas salían del túnel desesperadamente a gran velocidad, seguía con ansiedad, esperando el momento exacto para mandar la orden, a las ranas que se encargarían de dejar caer el montículo de enormes rocas, que ya habían colocado encima de la entrada al túnel, hasta que por fin, Gacer, al ver a Yaru, TK, y Cuvor ser los últimos en salir, al momento mandó la orden y las ranas que estaban atentas a la señal, de inmediato quitaron las espinas que detenían las rocas, mismas que al caer salvaron a TK, Yaru y Cuvor, toda vez que un Azcapotz, que ya había asomado parte de la cabeza y el cuerpo fue aplastado al instante, evitando que sus tenazas los capturaran, ya que ellos se encontraban tirados en el suelo, de frente a él, con sus rostros a corta distancia de sus tenazas, Gacer al ver como las rocas sellaron la entrada al túnel y habían aplastado al Azcapotz, con alivio les gritó que ya podían abrir los ojos, que el peligro había pasado, y ellos que aún se encontraban tirados y abrazados resignados a morir, al abrirlos se quedaron un momento más observando ahora con tristeza al Azcapotz como yacía muerto, estiraron los brazos para acariciarle con sus manos la cabeza y las tenazas, expresando disculpas y agradecimientos por el alimento que ya iba en camino a la nave.

El túnel, ya había quedado sellado por completo y las ranas que habían logrado escapar de él, se encontraban sentadas descansando y alimentándose, mientras Yaru y Cuvor, hacían la cuantificación de las víctimas que se quedaron atrapadas y del equipo que perdieron y Gacer por indicaciones de Yaru, regresaba con la perforadora a la nave para descargar los huevecillos, y TK, al mismo tiempo se adelantaba al cactus que tenían a un costado, junto con otras ranas que llevaban parte del equipo, las armas y los víveres que quedaban, para instalar el campamento en sus inmediaciones.

Yaru y Cuvor, al terminar la cuantificación, llegaron hasta el campamento que ya estaba instalado, acompañados de las ranas que traían a los heridos y acercándose a TK, le dijeron, que mientras esperaban a que Gacer regresara de la nave, se fuera a tomar un descanso, que ellos, por lo pronto se encargarían de terminar con la organización del campamento y el próximo asalto, que ahora se realizaría al enorme cactus que ya estaba rodeado por las ranas, y TK, sin más demora, se retiró de ahí, en dirección a una piedra plana que estaba cerca de él, que ya había visto al llegar a ese lugar y sentándose en ella, miraba en dirección al campamento, los movimientos que Yaru y Cuvor, hacían al organizar a todas las ranas, pensando con nostalgia en el planeta Batum y en los acontecimientos que habían ocurrido ahí, también en las ranas que habían muerto, desconocidas y conocidas, pero en especial en Inda, preguntándose que será todo lo que está ocurriendo, "¿para qué?" " ¿por qué?", hasta que llegó el momento en que se recostó en la piedra y quedándose dormido, empezó a soñar que era una pequeña rana tomada de la mano por otra de gran tamaño, que caminaban sobre un valle hermoso, sintiendo un viento en el rostro cálido y agradable, y él, viéndose feliz, después comenzó a recibir en la cara un aire frío que comenzaba a soplar, anunciando que la noche ya estaba empezando a caer, de pronto, de un saltó abrupto, TK abrió los ojos al sentir una sacudida en el cuerpo, escuchando una voz dura diciéndole que despertara porque se había quedado dormido y que Yaru y Cuvor, lo necesitaban porque ya tenían el plan para el asalto al cactus, TK, se levantó de la piedra amodorrado y tallándose los ojos, de inmediato se dirigió a donde se encontraban Yaru y Cuvor, preguntando si Gacer ya había regresado y Yaru con una mueca de sonrisa, al escucharlo le contestó que Gacer ya tenía un buen rato que ya había regresado, pero que al verlo a él dormido plácidamente sobre la piedra, no se atrevieron a despertarlo y sin más palabras, Yaru le pidió que se acercara al círculo, comenzando junto con Cuvor a explicarle el plan que ya habían hecho, consistente en que varios grupos de ranas tenían que escalar el cactus, quedándose en espera de la señal, de las luces que saldrían proyectadas hacia las alturas, para llamar la atención de los Mosks y cuando ellos fueran en su persecución, las ranas tenían que subir al nido para tomar los huevecillos y pasárselos a las que se quedarían formando una cadena de ranas desde la punta del cactus hasta el suelo, y así, ella y él continuaron explicando el plan, mientras Gacer y TK, los escuchaban atentos en la oscuridad, alumbrados únicamente por una sola luz que era muy tenue para no llamar la atención de algún animal que anduviera merodeando por ahí, al terminar, TK, al mando de los grupos de ranas que ya estaban listas a lo largo del cactus, esperaba en la punta, atento a la señal que Cuvor al mando de las disparadoras que se encontraban rodeando al cactus, detrás de pequeños montículos improvisados de arena, iba a mandar, mientras Yaru, se quedaba al mando de las ranas que defenderían desde el suelo, a las encargadas de bajar los huevecillos si es que eran atacadas por los Mosks, todo estaba listo y Yaru, esperaba a que TK, se asomara al nido de los Mosks para después enviarle la señal de estar listos para el asalto y cuando él le mandó la tan esperada señal, ella volteo a ver a Cuvor que al instante con una luz que ella movía de un lado a otro, en zigzag, le indicaba comenzar, él al ver los movimientos que ella hacía, disparó una luz hacia las alturas, que las disparadoras al notarla, al mismo tiempo también dispararon muchas luces de lado opuesto al cactus, haciendo que se formara una circunferencia de pequeña a grande por el viaje de los arpones, que al momento en que los Mosks las vieron, volaron hacia ellas a toda velocidad, dispersándose en enjambre, escuchándose el sonido que sus alas hacían al dejar el nido, momento en que TK, aprovechó para asomarse a él y verlo vacío, de inmediato dio la orden a las ranas de subir por los huevecillos, haciéndolo a una velocidad increíble, toda vez que los tomaban con una sincronía casi perfecta, comenzando a verse a lo largo del cactus pequeñas esferas blancas bajando rápidamente a través de él y Yaru, que se encontraba en la base del cactus, al verlas les decía a las vigilantes que comenzaran a recibirlas junto con las demás, que de inmediato esas ranas se iban corriendo a toda velocidad acompañados de otras que las cuidaban a depositarlos a la nave, para después regresar por más, todo se hacía rápido y bien organizado y las luces que sirvieron por un momento de cebo para los Mosks, se apagaron por el ataque de estos, que regresaban de nueva cuenta al nido y TK, que seguía muy entretenido ayudando a las ranas a sacar los huevecillos, al verlos regresar, comenzó a gritar que salieran de ahí, y esas ranas bajaban del nido con rapidez escondiéndose de nueva cuenta en los lugares asignados, Cuvor, que seguía atento a lo que pasaba en la punta del cactus, de nuevo mandó la orden de disparar más luces, pero ahora hacia arriba que al salir formaron un círculo de luces sobre el cactus, que los Mosks, al verlas se volvieron a abalanzar hacia ellas pero ahora con furia, y TK y las ranas al notar que volvían abandonar el nido, ordenaba de nueva cuenta a las ranas sacar más de los huevecillos, pero uno de los Mosks, volteó hacia el nido y al notar como las ranas tomaban los huevecillos, este regresó comenzando a atacarlas con ferocidad, y TK, al verlo que ya había atrapado con sus patas a una rana que estaba a punto de ser picada por su aguijón, al instante soltó los huevecillos que cargaba y con enojo al ver que era Tona a la que el Mosks había atrapado, tomó la Macua que llevaba sobre la espalda, que al momento se la puso al hombro y apuntando en dirección a la cabeza, disparó un arpón que le penetró en el cuello, provocando que cayera ya muerto, estrellándose con fuerza sobre el nido, aplastando por breves momentos a Tona con su cuerpo, que las ranas de inmediato hicieron a un lado con esfuerzo, sacándola a ella de debajo de él algo atolondrada, que TK al verla como se tambaleaba, la cargo a la espalda para llevarla rápidamente a donde se encontraba Yaru, que al bajar del cactus le decía a Caret que se quedaba a cargo de las recolectoras y que nadie más debería morir.

Cuvor, seguía atento a los movimientos de las ranas en la punta del cactus y de pronto al ver que los Mosks, destruían con gran rapidez las luces que las disparadoras lanzaban a las alturas, y al notar que ya se estaban acabando, con preocupación ordenó a las ranas dispararlas todas hacia arriba en una sola dirección, con la finalidad de que al chocar entre ellas, provocará que los Mosks, de igual forma al ir tras ellas se estrellaran entre sí, Yaru que seguía con las demás recibiendo los huevecillos, le decía a TK, que volviera de inmediato a la punta del cactus, que no se preocupará por Tona, que en ese momento la recibía en los Brazos, toda vez que los Mosks, estaban regresando muy aprisa al nido y TK regresó escalando de nueva cuenta a la punta en el momento preciso en que los Mosks que ya estaban próximos al nido, fueron distraídos por las luces que salían de los montículos de arena, que al verlas regresaron de nuevo hacia ellas, pero ahora sin darse cuenta de que se estrellarían entre sí, que al momento se impactaron entre ellos, comenzando a caer inconscientes y moribundos hacia el suelo, que ya ahí, Yaru, daba la orden de rematarlos a las ranas que disparaban.

En la nave, las ranas que habían llevado los huevecillos, al momento de regresar por más, se alegraron al escuchar, como las vigilantes gritaban con alegría, que la expedición estaba próxima a llegar, toda vez que a lo lejos se veían las hileras de luces que iluminaban el camino y de inmediato fueron corriendo a su encuentro, que al llegar a ellos, Yaru, les pidió que ayudaran a las que traían más huevecillos y a las que traían a las heridas, todo era alegría y entusiasmo y ya en la nave, ella, les decía a todas que descansaran y que curaran a los heridos y los alimentaran, mientras iba a ver a Tona, que había quedado malherida y así, permanecieron y de nueva cuenta tocaban los Naztliz y las Ocaris y TK, Gacer y Cuvor, aprovechaban para platicar y cuestionarse por qué la nave todavía no se preparaba para despegar si ya todo estaba listo, fue entonces que Yaru al regresar de ver a Tona, les dijo a todos que hicieran un círculo, para agradecer al planeta y a los insectos que murieron, por el alimento que les proveyeron, y continuaron, tocando melodías, bailando y agradeciendo hasta el amanecer.

Al salir los primeros rayos de luz, fue el momento exacto en que la nave comenzó a encender las luces rojas y a cerrar los compartimentos de carga, anunciando que se estaba preparando para iniciar el próximo viaje y las ranas al verla dejaron de bailar y con tranquilidad sin decir palabra alguna, comenzaban en silencio abordarla, Yaru, y los compañeros de batalla, al llegar a la cabina, únicamente se miraban en silencio acomodándose en los asientos y con las miradas se comunicaban entre ellos, resignados a realizar de nuevo un viaje a lo que aún desconocían.

CAPÍTULO

V

El último viaje

El planeta Rul

El viaje que la nave ya había iniciado fuera del planeta cactus, era en dirección a Rul, un enorme planeta compuesto en su totalidad de árboles, con uno en especial que era de gran altura, a donde las ranas tenían que arribar, tan alto que la copa del árbol salía casi hasta el espacio y era muy frondoso, tanto que sus ramas cubrían más de la mitad del planeta, las ranas, que iban inmersas en un largo sueño dentro de las cápsulas sin saber a dónde se dirigían, no se daban cuenta de que en ese viaje, conforme avanzaba la nave el color de piel de todas sin excepción, iba cambiando a un solo color, un color bronce-dorado hermoso y la forma del cuerpo al igual cambiaba, a uno mucho más atlética y fuerte de lo que ya lo tenían, porque ese cambio había comenzado desde que huyeron de Batum.

La nave, que ahora se desplazaba a baja velocidad, bordeo otro planeta que al parecer estaba muerto, ya que no contaba con atmosfera y era completamente de un color blanquizco brilloso, con cráteres en todas partes provocados por los meteoritos que ahí se llegaban a estrellar y esos cráteres formaban la figura de un conejo, y detrás de ese planeta muerto se encontraba el planeta Rul, con su árbol gigantesco que la nave ya había visualizado, que al momento empezaba a prepararse para aterrizar en su copa, de la que sobresalía una rama que en la punta tenía una plataforma, que la nave al estar en posición de aterrizar, comenzó a alinear bajando lentamente, que al momento de posarse sobre ella apagó su motor, abriendo al instante la compuerta de entrada, que después de unos momentos daba paso a las ranas que salían, caminando en dirección a unas escaleras que estaban empotradas en la orilla de esa plataforma, las cuales, se direccionaban hacia abajo en forma de espiral, conduciendo al interior del tronco del árbol que estaba hueco y las ranas que caminaban en silencio lentamente formadas unas de otras con los rostros serios, sin expresión alguna, con la mirada fija y perdida, al llegar a ellas comenzaban a bajar al parecer por instinto, pero TK, que era el único que volteaba a todos lados un poco asustado explorando los alrededores, veía la gran cantidad de árboles pequeños y medianos que rodeaban al gigantesco árbol en el que se encontraba y al comunicarse con las ranas, trató de hablarle a Yaru para preguntar lo que pasaba, pero ella, sin expresión alguna se siguió de filo al igual que las demás, con los ojos muy abiertos y la mirada perdida, sin hacerle caso a su llamado, fue entonces que él, decidió quedarse en la plataforma, pero al mover su mano para llamar la atención del trance en el que se encontraban notó que era el único que estaba consiente y lucido y decidió de último momento seguirlas para saber a dónde se dirigían, adentrándose al

interior del árbol al igual que ellas formado hasta atrás, de repente, conforme bajaban por las escaleras, el interior del árbol se iluminó por completo, mostrando en las paredes dibujos de ranas bailando alegres, paisajes de valles verdes relucientes, ríos con agua cristalina y mares con islas repletas de árboles con frutos y animales de diferentes especies y conforme iban bajando los dibujos se incrementaban, mostrando más paisajes y ranas haciendo cosas en grupo y felices, y así, se seguían revelando más dibujos, que al momento las ranas de forma automática volteaban a mirarlos al mismo tiempo, sin dejar de caminar en silencio y sin control de sus movimientos, como si alguien las controlara, pero TK, era el único que se quedaba hasta atrás observando meticulosamente cada uno de los dibujos, cuestionando con inquietud esas imágenes que le hacían recordar cosas de otro tiempo.

De pronto al seguir caminando viendo los dibujos, se conmovió al encontrar uno que le mostraba el valle y la rana que lo tomó por la mano, en aquel sueño que tuvo al estar dormido sobre la piedra plana en el planeta Cactus y quedándose largo tiempo admirándolo, comenzó a sentir muchas emociones de angustia, nostalgia y alegría, llenándosele los ojos de lágrimas, hasta que volvió en sí para seguir caminando sin perder detalle de cada uno de los dibujos y al llegar al final de las escaleras en el fondo del árbol, se quedó ahí por un instante observando alrededor y al notar que las ranas ya no se encontraban ahí le entró un pánico aterrador de angustia, que al momento salió corriendo del tronco por un boquete que tenía como salida buscándolas y al estar fuera, notó que todas se encontraban tomadas de la mano con la cabeza hacia arriba mirando sin parpadear, rodeando el árbol y cuando él, se aproximaba a ellas para tomarlas al igual de las manos, se detuvo en seco al ver como del árbol salían rayos de luz que las ranas recibían directo en los ojos y boca y como empezaban a levitar quedando suspendidas a media altura por un largo tiempo y los rayos sin dejar de salir del árbol cambiaban de intensidad, de repente, TK, se espantó haciéndose hacia atrás quedándose a un lado de la entrada, al ver como algunas ranas se comenzaban a desintegrar convirtiéndose en polvo, que se mezclaba con la brisa del aire que comenzaba a soplar moviendo las hojas de los árboles que se balanceaban de un lado a otro plácidamente, y él, alejándose de ellas no despegaba la mirada de las que seguían desapareciendo, después, las ranas comenzaron a bajar con los brazos extendidos y la cabeza hacia arriba lentamente, que al momento de tocar el suelo las luces desaparecieron y las ranas volvían a entrar de nueva cuenta al interior del tronco formadas, sin darse cuenta de que a un lado de la entrada se encontraba TK mirándolas.

Ahora, las 32 ranas que quedaron incluido TK, subían las escaleras que ya estaban iluminadas por completo en toda su extensión, ya que el interior del árbol estaba en oscuridad y él, fue el último en entrar viéndolas una por una muy extrañado por como caminaban, y al subir las escaleras, volteó a la entrada del árbol que al momento se selló por completo y siguió a las ranas sin interrumpirlas caminando hasta atrás de ellas y al llegar a la plataforma, TK, notó que la nave ya era muy pequeña y las ranas que seguían caminando como hipnotizadas comenzaban a entrar, quedándose paradas de frente a unas cápsulas que eran totalmente diferentes a las anteriores, toda vez que esas eran hermíticas y de color blanco, que al momento de introducirse en ellas se cerraban sin dejar rastro de alguna entrada, y TK, con miedo fue el último en entrar a una de ellas quedando en posición de cuclillas.

La nave comenzó de nueva cuenta a elevarse y TK, que iba consiente de cuclillas dentro de la cápsula, sentía cada movimiento que la nave realizaba, que de repente al quedarse estática, le daba un respiro y consuelo a él, pensado que todo había terminado, pero de pronto la nave comenzaba a girar de lento a rápido, y TK, sentía como la cabeza se le agrandaba y achicaba y el cuerpo se expandía, provocándole vértigos, náuseas y vómitos, de los cuales nuca salió nada del estómago, pensando que iba a morir por las sensaciones violentas que la nave le inducía, después, al momento de despegar la nave, que salía como rayo de luz hacia el espacio, TK, de nueva cuenta sentía ahora como el cuerpo se le comprimía al suelo comenzando a llorar, después como el cuerpo se le comprimía en las paredes, tratando de gritar que pararan, que ya no quería sentir esas cosas horribles, pero por más que se esforzaba para gritar, de su boca no salía palabra alguna, y con llantos nostalgia, angustia, agobio y alegría, la nave sin dejar de girar viajaba a la velocidad de la luz, TK, por más que gritaba, no dejaba de sentir ahora como el estómago se le salía por la boca y un calor insoportable y a la vez un frío descomunal y sus piernas como se aplastaban, y el cuerpo en ocasiones lo veía pequeño y enorme y por momentos cerraba los ojos implorando que ya pararan los giros, a sabiendas de que los tenía cerrados, hasta que por fin después de un largo rato, TK, sintió una tranquilidad extraña y al abrir los ojos notó que todo lo que sintió paró de momento, y al explorar los alrededores, vio que aún estaba en la cápsula, de pronto escuchó una voz que le decía que rompiera las paredes en repetidas ocasiones para que pudiera salir de la cápsula y haciendo caso a la voz, golpeo muy fuertemente con los puños la pared, haciendo que comenzará a cuartearse y entre más le pegaba la pared se estrellaba y los pedazos caían a los lados y al ver como entraban los rayos de luz, TK, no dejaba de golpear, hasta que la pared cedió por completo y él, se levantó de la posición en la que estaba y tallándose los ojos por la luz intensa que le molestaba, veía con curiosidad como una rana de una estatura mucho mayor a la de él, lo veía con ternura, diciendo por fin, y él, sin saber lo que sucedía, volteaba a todos lados viendo con sorpresa como Yaru, Cuvor, Tlanezi, Quetz, Netz, Caret, Gacer, Tona y las demás, salían poco a poco de las cápsulas caminando torpemente sin hablarse, al parecer ya no se acordaban que en algún momento convivieron juntos y él que seguía explorando su cuerpo que estaba totalmente diferente a como lo conoció, seguía volteando a los lados viendo como las cápsulas realmente eran huevos, y sin hacer caso a la enorme rana de nombre Vama, que seguía viéndolos con mucha ternura se apresuró a hablar con Yaru, que al llegar le pregunto cómo estaba y ella, con mirada de extrañeza no le contestó, pero de repente, escucho otra voz que le preguntaba a Vama, si ya habían nacido las elegidas, y él sin decir más le respondió que sí, que nada más nacieron 32 incluido TK, y TK al voltear a ver de dónde venía esa voz, se alegró tanto que corrió hacia esa rana gritando con lágrimas en los ojos, "Inda estás viva" y ella únicamente se agachó para levantarlo y abrazarlo con gran fuerza entre sus brazos y salir de ahí, sin darse cuenta TK que apenas había nacido.

LAS RANAS COSMICAS

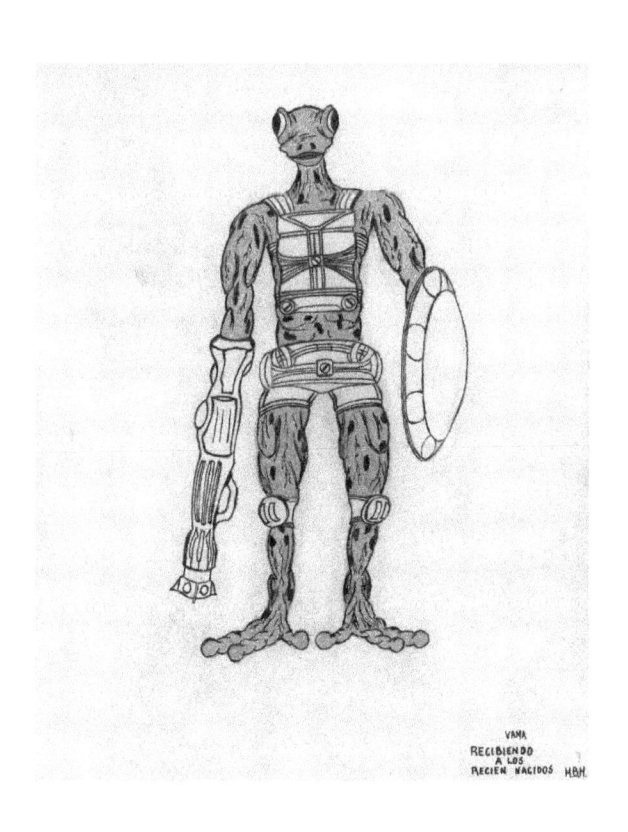

VAMA
RECIBIENDO
A LOS
RECIEN NACIDOS   H.B.H.

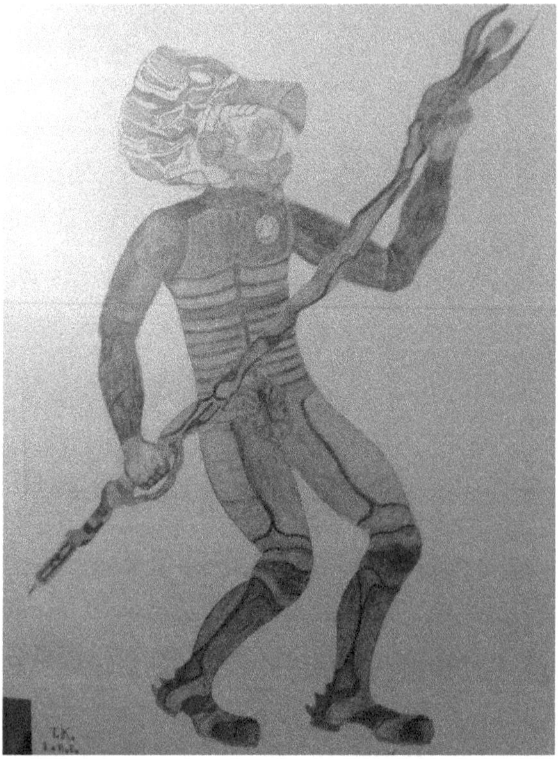

SOBRE EL AUTOR

Mauricio Badillo Méndez, nacido en el Municipio de Tlalnepantla de Baz, Estado de México en el año 1977 y terminó sus estudios en el Colegio Nacional de Educación Profesional Técnica (CONALEP) generación 1998-2001, en la Ciudad de México, cómo Profesional Técnico en Mantenimiento de Motores y Planeadores, actualmente vive y trabaja como técnico científico en Estados Unidos.

Escribí este libro, toda vez que mi hijo a la edad de cuatro años me pidió que le hiciera una historia, la cual pensaba escribirle algo corto, pero durante la realización de la historia, salió de manera espontánea este libro.